JN110937

# 陸軍
# 中野学校
# 外伝

## 蔣介石暗殺命令を受けた男

伊藤祐靖
Sukeyasu Ito

角川春樹事務所

目次

編集協力 —— はたけあゆみ
装幀———— bookwall
カバー写真 —— Stocktrek Images/gettyimages

# まえがき

シュン――。

小さなものが高速で空気を切り裂く音がしたその直後、たこ糸にしばられ、振り子のように揺れていたこぶし大の石は原形のまま地面に落ちた。私は4歳の頃から、小学校5年になるまでの約6年間、毎週日曜の午後、父と近所の廃墟に行った。

私の役割は、まずその廃墟の外壁にある垂直階段を上り、2階の手すりにたこ糸の先端を縛り付け、たこ糸の束を地面に放り投げる。地面に戻ると、こぶし大の石を探し、その石をたこ糸の束にくくりつけて揺らすことだった。

25メートル離れたところにいる父は、エアーポンプ式ライフルを立射ちの姿勢で構えている。父は、毎回2発しか撃たなかったが、私は6年間で600発以上、見ていたことになる。しかし、父はただの1発もはずしたことがない。全弾を揺れる糸に命中させている。現在、日本をはじめ他国でも射撃を教える私としては、とても信じられることではない。だが、これは私の目の前で起きていた事実だ。

5歳になった私は、廃墟からの帰り道、父に聞いた。

「お父さんは、鉄砲が上手だね。お仕事なの？」

「いや、本番で銃は使わん」

「本番？」

「ああ、わしの専門は爆殺と毒殺だからな……」

「爆殺……？　ふ～ん。じゃあ何で鉄砲の練習してんの？」

「今！　という勘を鈍らせないためにやってるんだよ」

「僕は、しなくてもいいの？」

「お前は、いい」

「なんで？」

「わしはな、戦争中にある人の暗殺命令を受けてな……。それがまだ、解除になってないんだよ。夕方電話がかかってきて、明日行けって言われたら困るだろ」

「えええ。暗殺命令？　戦争って、僕が生まれるずっと前に終わったんじゃないの」

私の右手を引いて歩いていた父は、立ち止まり、ゆっくりと視線を私に向けた。

「あのな、戦というものは、どうしても譲れないものがあるからするものなんだよ。だからそれを取り戻すまでは、止めないんだ。止めたふりも、負けたふりもするけどな……」

５歳ながら、『勝てそうだから、やる。負けそうなことはしない』という考え方とは、別次元の価値観だと感じた。ちなみに、昭和50年4月に父は、この訓練を止めた。その命令の対象者である蔣介石、第２次大戦後の中華民国の初代総統が台湾で病死したからである。


「お父さん。僕が誘拐されて、殺されちゃったらどうする？」

「そりゃ、復讐するよ」

「犯人が、捕まって刑務所に入ってたら、どうする？」

「だから、復讐するよ」

「だって、刑務所に入ってるんだよ、できないじゃん」

「簡単だよ。刑務所ごと爆破すればいい」

父は、不思議そうに私を覗き込みながら言った。

「えっ……。そんなことしたら、関係ない人とかも死んじゃうじゃん」

「ん……。それは、しょうがない」

「じゃあ犯人が、捕まってなくて都内にいることが判ってたら、どうする？」

「小河内だな……」

「小河内って、小河内ダム？　ダムに何すんの？」

「×××を入れる」

「それ、毒？　東京にいる人は、みんな死んじゃうの」

「そうだな……」

「お母さんも？　お父さんも？」

「そりゃ、そうだ」

「えっ……。1000万人（当時の都民）みんな死んじゃうの？　自分も死んじゃうんでしょ？　それじゃダメじゃん」

「でもお前を殺した犯人は確実に死ぬ」


　5歳だった私は、愛されているということを体感したが、父のことを悪い人だと思った。当然である。究極のエゴイスト、自分の願望を果たすことしか考えていないからだ。これは決して許されることではないが、『大切なもののために、他のことを諦める』という考え方もあることを知った。

　蔣介石が病死する約1年前、父と同じ陸軍中野学校出身の方が、フィリピンから日本に戻ってきた。世界中がこのニュースに沸く中、父だけが「当たり前だ。残置諜者（敵地に残り、反撃時のために情報を収集する者）なんだから、終戦ぐらいで止めるわけがない」と言っていた。この時、蔣介石はまだ存命だったので、父とすれば自分も任務続行中であり、彼の行動は当然のことだと思ったのだろう。

ある日、その方が出演しているワイドショーを私は父と見ていた。討論会形式だった番組も終わりに近づき、司会者が「みなさま最後に一言ずつ、お願いします」と言ってマイクを出演者にまわし、最後にその方がマイクをとった。

「私が、この国に帰ってみると、非常に残念なことですが、かつて私が愛し、戦争をしてまで守ろうと思った国ではなくなっていました。私はこの国には住めません。ブラジルにいる兄を頼って来週出て行きます。ただし、その前に、おい、そこの色眼鏡（サングラス）、お前だけは必ず殺す」

小学生だった私は、仰天した。

「お父さん、この人、今、殺すって言ったよね。ダメだよね、人を殺しちゃいけないよね」

「まあな……」

「まあな!?　絶対にダメだよね」

「絶対ってことはない」

父の「まあな」と「絶対ではない」に、さらに仰天した私は、父に「そうだな」と言わせたくて、思いつく限りのことを言った。

「逮捕されるよね、手錠かけられるよね、牢屋に入れられるよね、死刑になるよね……」

そして、その最後に、

「死刑になっちゃ、ダメだよね」

と言った。その瞬間、父は冷め切ったドロッとした目つきになり、私に言った。

「なんだ、お前は死刑になるくらいのことで、止めるのか。死刑になったっていいじゃないか。死刑になろうが、やらなければならないことはある。死刑になる程度のことで止めるな。やれ」

課せられるペナルティーの大きさではなく、自分の価値観に従って、やるべきかやらぬべきかを決めろ、ということが言いたかったのだろう。

この約10年後、私は海上自衛隊に入隊した。

その約10年後、日本初の特殊部隊の創隊に関わり、足かけ8年在籍した。

ずっと否定していたが、今はどう考えても父の影響を大きく受けて軍組織へ入ったと思っている。しかし、その世界に身を投じ、20年間在籍し、中途退職した今でも、私は特殊戦の世界で生きている。生身の人間に向かって炸裂弾を撃ち、特殊部隊の最前線部隊指揮官として実戦配備され、我が身に実弾が飛んできた経験があるからこそ、父の真意、心情が理解できる。とも、思っている。

同世代の男の多くが、10代で散華（さんげ）したにもかかわらず、父は昨年3月、95歳まで生きた。昭和以降の日本の盛衰のすべてを見て、それに携わることができたのだから、何の悔いもないだろう。私が本人なら、一片の悔いもない。

しかし、長男としてはたった一つだけ悔いがある。それは、「あなたが生涯を通じて貫こうとしたものが、何だったのかを私は理解している」ということを父に伝えられなかったことである。それは、一体何だったのか？　〝あとがき〟に、記そうと思う。

でも、その前に、まずは、父の人生の一部を垣間見（かいまみ）て頂きたい。

令和五年八月
伊藤祐靖（いとうすけやす）

# 1章　震災と恐慌からの復興

# 1　律儀者の子だくさん――一九三一年（昭和六年）

植えられたばかりの苗は、検閲中の軍隊のように一直線で等間隔に並び、静まりかえっている。アメンボが水面を揺らすと、ゲンゴロウがドロを巻き上げた。田を抜ける風は、立ち上る春の匂（にお）いを攪拌（かくはん）し、緩やかな日差しの中で汗ばむ肌に心地いい。昭和初期の東京府豊多摩（とよたま）郡（現在の中野区、杉並区周辺）は、田畑が広がり、平屋以外の建物など、ほとんどない。

空の広さが現在とはまるで違うが、一番の違いは空の色である。

今は黒く濁っている東京の空気も90年前は澄んでいた。その中で生きている者は、自分が黒い空気の中にいることを知らない。その証拠に、黒い空気越しに見える色が本当の色だと思っている。くすんだ青を空の色だと思っているし、灰色がかっている雲を真っ白だと思っている。

おかっぱ頭の少年（伊藤　均（ひとし）：4歳）が、春の日差しを浴びながら立っている。その視線の先には、均の祖父（祐順（すけのぶ）：82歳）がいた。和服の着流しに山高帽をかぶり、ステッキを突きながら歩いて来る。祐順は高齢ではあったが、ステッキは、歩行の補助具ではなく、喜劇王チャップリンのように歩みのリズムをとる道具だった。

現代の子供であれば、「お祖父ちゃん」と言いながら、祖父のもとに駆け寄っていくのであろうが、江戸の匂いの残るこの時代、ましてや士族出身の伊藤家にそのような習慣はない。均は、家の門前で年子の妹（ねるり：３歳）の手を引き、母親のハルと２人の女中を従えて祐順を出迎えた。姿勢を正してからゆっくりとお辞儀をすると「お祖父様、ごきげんよう。父（五郎：31歳）がお待ち致しております」と言った。ハル、ねるり、そして女中２人は頭を下げたままである。

「そうかい。均は、幾つになったんだい」

「４歳でございます」

祐順は、母親のハルではなく、わずか４歳の均に問いかけた。４歳とはいえ一家の代表として自分を出迎えた均を認め、子供扱いはしない。祐順は、嘉永元（１８４８）年、現在の青森県上北郡七戸町に士族の子として生まれ、20歳の時に明治維新を迎えた。日本海海戦で有名な東郷平八郎と同じ年の生まれである。現在の東京都台東区に、軍医をしている長男の一家と暮らしている。この日は末っ子の五郎に、次男（亘：０歳）が生まれたというので顔を見に来たのだった。

五郎は、早稲田大学商学部を卒業後、教員を数年した後、この地に越してきて後輩の早稲田大学生用の下宿屋と学習塾をやる傍ら中華料理屋も経営していた。別段、裕福ということはなかったが、農業で生計をたてている地元の家とは雰囲気の異なる家庭で、多い時には女中が４人いた。

　この時は、10万人近くが死亡した関東大震災から８年弱が経過し、復興は着実に進んでいたものの、一昨年に発生した世界恐慌、それが日本にも及んだ昭和恐慌の影響で経済は危機的状況であった。それに追い打ちをかけるように東北地方を中心とした凶作で農村は荒廃し、それは都市部にも波及し世の中に暗い影を広げていた。賃金カットに抗議する労働争議が各地で頻発。それに呼応するかのように軍部の動きは活発化し、支部大陸に日本経済の活路を求める満州（まんしゅう）事変へ向かっていった。翌年には五・一五事件が起きて、時の首相、犬養毅（いぬかいつよし）が射殺された。世相といえば、暗黒と混乱。庶民の生活は、不安しかなかった。

「お祖父様、カルタ遊びを致しましょう」

「おお、均は、もうカルタができるのかい」

「いいえ、いろはカルタです」

　この時代、カルタと言えば、百人一首だった。上の句と下の句を記憶していなければ、とても勝負にならない。祐順は４歳の均が１００首の上の句と下の句を既に記憶しているのかと思い、驚いたのである。

「犬も歩けば、棒にあたる」

「はい」

祐順が札を読み、均が一人で取っていた。

「律儀者の子だくさん」

「はい」

「よし、よし」

孫を褒める祐順に、均は聞いた。

「お祖父様。律儀者とはなんですか」

「ん……。真面目な人のことだよ」

「真面目な人は、なぜ、子だくさんなんですか」

「ん……。真面目な人に限って、ん……、どういう訳か、助平なんだな……」

「助平？　それはなんですか？」

「いやいや、それは関係ない。わしが間違えた」

「真面目な人ほど、苦労をするという意味ですか」

「そうそう、そうだよ。よくご存じじゃな」

均は、すべて判っていた。律儀者という言葉の意味も、祐順が均くらいの年齢の子供は何も知らないと思っていることも、そしてそれが、たまらなくかわいらしく見えていることもである。時折、うかつなことを口走ってしまう祐順の性格すら見抜いていた。均は、自分が予想した通りの失言をしてうろたえている祖父を見て、心の中でほくそ笑んでいた。

均が生まれた家は、現在の中野区沼袋（ぬまぶくろ）にあった。神田（かんだ）川の支流である妙正寺（みょうしょうじ）川が流れるこの辺りは川沿いに水田、高台には畑というのどかな農村風景がひろがっていた。関東大震災の後は、灰燼（かいじん）に帰した地域に代わる新興住宅地としての開発が進み、新しい一戸建てが次々とできていった。軍人や教職員など、農民ではない新しい住人が増え、町の雰囲気は変わりつつあった。南北に大きく曲がりくねって流れる妙正寺川からほど近い、３００坪ほどの敷地に建つ細長い木造の二階家が２棟、これが均の生家だ。１棟は自宅、もうひと棟は下宿と塾、双方が通路でつながっていた。

土曜の昼過ぎ、いつものように均は下宿生のところに遊びに行った。

「こんにちは」

部屋の前で丁寧にお辞儀をする均に、勉強中の下宿生、奥山（おくやま）が声を掛ける。

「おう、均君。どうした？」

下宿生は五郎の後輩にあたる早稲田大学の学生が８人。ここに下宿する学生は、五郎が営む塾の講師を無償で請け負うことになっていた。塾の科目に対応できるように各学部から募るため、下宿生が並ぶと学部の見本市のようだった。

隣に正座した均に、奥山は聞く。

「均君、お昼ご飯は食べたかい」

「食べました。奥山さんは」

「僕らはこれからなんだ。なあ、原田（はらだ）」

「おう。腹減ったな。何か食いに行くか」

当時は食事がつかない下宿が多く、伊藤家のように共同の台所もない場合、どこかで食事を済ませる必要があった。

「五郎さんの店で『支那（しな）そば』でも食うか。おごるよ」

原田が言う「五郎さんの店」とは、均の父が営む沼袋駅前にある中華料理店のことだ。塾の講師は下宿生、中華料理店の客も下宿生、そして中華料理店で働く台湾人のコック2名は、五郎の家に住み込み、五郎一家の食事も作る。この辺は五郎の合理的というか、抜け目のない性格を表している。

まだ店に行ったことがない4歳の均は言った。

「私も『支那そば』を食べてみたいです」

「ははは、均君は食べたばかりでしょう」

「そうだよ、食べすぎてお腹を壊したら大変だよ」

均はひとつ屋根の下で一緒に暮らす下宿生を慕っていて、毎日のように廊下を駆けて彼らの部屋に行った。どんな質問にも答えてくれる彼らは、世の中のことをなんでも知っている博士のように見えた。勉学に集中する日々を送る下宿生にとって、子供の目からみた思いがけない質問は新鮮であり、何より暗い世相の中、屈託のない童心にほっとするひと時だった。いつしか均の足音が聞こえると「おい、今日もきたぞ」とみなが歓迎するようになっていった。

「おかえりなさいませ」

帰宅した五郎は、玄関に迎えにでた女中にいつものように鞄と帽子を預けた。

「均はどうした」

「はい。均さんは、今日も午後からずっと下宿のほうに行かれております」

「何をしているんだ」

「学生さんとおしゃべりをされているのでしょう」

夕食時、五郎は卓袱台越しに均に尋ねた。

「均、毎日下宿生のところに行っているのか」

「はい」

小さな手で、茶碗（ちゃわん）と箸（はし）を持ちながら答えた。伊藤家では、どんなに幼くとも両親に対しては敬語で話す。五郎の前に晩酌の徳利（とっくり）を置きながら、ハルが口を開いた。

「そうなんです。なんせみなさんが大学から帰ってくるのを、毎日玄関で待ってるんですから」

手酌で盃（さかずき）に注（つ）いだ酒を口に含み、五郎がさらに尋ねる。

「そうか。みんなの勉強の邪魔をしていないだろうね」

「邪魔はしていません。私もみなさんと一緒に勉強しております」

長男の均にとって、下宿生は年が離れた兄のような存在だった。なんでも答えてくれる彼らとの会話を通して、自分を取り巻く世界の姿が明らかになっていくような気がした。

「勉強？　均もあそこで勉強しているのか」

「はい。今日は、奥山さんから、漢詩、杜甫（とほ）を教わりました」

「奥山は文学部だったか……。あっちに遊びに行くのはいいが、みんなの迷惑になってはいけないぞ」

「はい。判りました。私もみなさんのように勉強して、ノーベル賞を取ろうと思います」

「ノーベル賞？　均は学者になりたいのか」

「はい」

「何の学者になりたいんだ」

「まだ判りません。ただ、漢詩と化学が好きです」

「そうか、夢があるのはいいことだ」

均は、小さな茶碗から飯粒を黙々と口に運びながら、明日は誰(だれ)の部屋に行こうかと考えていた。

## 2 ドジョウ――一九三三年(昭和八年)

「行って参ります」

「行っといで」

「行ってらっしゃいませ」

昭和8年4月1日、ハルと2人の女中に見送られ、均は門を出た。自宅から歩いて10分ほどのところにある野方東(のがたひがし)尋常小学校に入学したからだ。自分の席に着き、均は表紙に「小学国語読本」と書かれた真新しい教科書をめくった。「サイタ　サイタ　サクラ　ガ　サイタ」見開きのページの下側には、咲き誇る桜とその向こうにみえる山々が描かれている。ぴんと張った真新しい紙からは、微かにインクの匂いが立ち上る。均が小学生になる年に登場したこの教科書は、子供にとって身近な犬や鳩などの動物、農村の風景が美しい挿絵としてカラー印刷された画期的なものであった。ページをめくっていくと、銃を肩に携えて進むカーキ色の隊列と「ススメ　ススメ　ヘイタイ　ススメ」の文字。国際連盟を脱退し、軍拡に舵を切った日本の世相を表すものもあった。

均が驚いたのは、同級生の身なりだった。1クラス60人中、自分のようにランドセルを背負い、ボタンのついた洋服に靴を履いている者は1割にも満たない。ほとんどは、着物に草履か歯の磨り減った下駄で、中には裸足の児童もいた。自分の格好が、ひどく浮いているように思えた。

「うちに遊びに来るかい」

時折、初夏のような陽気になる5月、仲良くなった同級生の野村に誘われた。放課後、野村と一緒に学校を出て、いつもと違う道を歩いていく。野村の家は、学校から北へ10分ほど歩いたところにある小さな農家だった。家の前の川沿いには、どういうわけか葬儀屋が3軒も並んでいた。大根畑に囲まれた木造の古い平屋の横には、使い古された農機具がいくつも置かれていた。

「おや、おかえり」

泥だらけの大根を洗っていた野村の母が、こちらに気づいた。

「学校の友達かい。どこの子だい」

「うん。伊藤ってんだ」

「こんにちは、伊藤均です」

「伊藤さん。ああ、下宿屋さんの子かい。ここいらの子とは違って、言葉が綺麗(きれい)だね」

ほとんど敬語を使わない農家の子供とは違い、均は大人と話すときに言葉を崩すことはなかった。

「ありがとうございます」

「伊藤、ランドセルを置いたら田んぼに行こう」

野村の家から緩やかな坂道を下ると、そこは一面の田んぼだった。あぜ道に腰を下ろして眺めると、植えられて間もない稲の根元に、おたまじゃくしやゲンゴロウがいた。捕まえようとして手を入れると、あっという間に逃げていく。春の終わりの太陽を浴びた水は、生ぬるかった。

乾いた泥が付いた網を持った野村が言った。

「ドジョウを獲(と)ろう」

「それでドジョウを獲るの」

「そうだよ。伊藤は獲ったことないのかい」

「ない。食べたことしかない」

「いっぱい獲れる場所があるんだよ」

あぜ道を歩いて用水路の方に行くと、野村と同じような網を持った近所の子供たちが集まっている場所があった。地面に置かれたアルマイトの洗面器には、獲ったばかりのドジョウがうごめいている。子供たちはみかけない顔の均を見つめている。

草履を脱ぎ、用水路に入った野村が言った。

「こうやって足でドジョウを追い込むんだ」

ズックと靴下を脱いだ均も、おそるおそる用水路に入る。水深は15センチくらいだった。野村に倣って足を動かすと、泥で濁った水の底で小さな生き物がうごめく気配を感じた。

「網に向かってやると獲れるから」

野村に手渡された網を水の中に入れ、見よう見まねで水をかきまぜる。数回やって引き上げた網には、立派なドジョウが何匹もいた。目を輝かせる均をみて、仲間であることを確認した子供たちは、安心した表情でドジョウ獲りを再開した。

陽が傾き始めた頃、自宅の玄関に洗面器を抱えた均が帰ってきた。

「ただいま戻りました」

「おかえり。おや、なんだいそれは」

「ドジョウです」

「どこで獲ってきたんだい」

「氷川(ひかわ)神社の方です」

ハルの顔色が変わった。

「川沿いの葬儀屋の方かい」

「そうです」

「いけないよ。あの辺でものを獲っては……」

「見てください。大きなドジョウがこんなに。ドジョウはお父様もお好きです」

「ダメなんだよ。近くの田んぼに放しておやり」

「なぜなんです」

「あの奥には、胸をやった人が集まって住んでる場所があるんだよ。だから葬儀屋が3軒も繁盛してんだよ。早く放しといで」

胸をやったというのは、結核のことである。子供たちが嬉々(きき)としてドジョウを獲る用水路の近くには、結核療養所があった。当時の結核は、患者の8割近くが死亡する恐ろしい伝染病だった。貧しくて療養できない結核患者を入院させるために、大正9年に東京で初めて公立の療養所として開設したのが、この東京市療養所だった。当時は入院患者1000人、入院待ち1000人。ここでは重症の患者が多く、新しく入院した患者の9割が3ヶ月以内に死亡するほどだった。戦後に特効薬が発明され結核の死亡率は100分の1になったが、それまでは療養所に近づくだけで感染すると思う人は多く、その付近で穫(と)れた米や野菜を食べない風潮すらあった。

ニューヨークでの株価暴落を契機に始まった世界恐慌は、日本にも波及し空前のデフレ不況となった。しかし、時の蔵相、高橋是清(たかはしこれきよ)が即座に行った財政政策が功を奏し、均が小学校に入学する昭和8年には、日本の経済は他の先進国に先駆け、回復のきざしを見せ始めた。東北の玄関口・上野駅の再建が終了し、東京の近代化は進んでいったが、その陰で格差を放置された貧困層は確実に存在していた。

貧しさを冷酷に浮かび上がらせるものの代表は、食事だろう。この頃の小学校の昼食は、弁当だった。「いただきます」という声と共に児童が一斉に蓋(ふた)を開ける弁当箱の中には、家庭の台所事情が映し出されている。白いご飯に真っ赤な梅干しを乗せた日の丸弁当、雑穀が混ざった茶色いご飯と黄色い沢庵(たくあん)の弁当、目刺しと玉子焼きが入った弁当。どんな弁当であっても、そこには子供の成長を願う母親の愛情が詰まっていた。

　2年生になった均は、昼食時に時々弁当がない児童がいることに気づいた。彼らはみんなと一緒に「いただきます」と声を出すものの、鞄から弁当を出すことなく、みんなが食べる様子を見ないように座っていた。中には教室を出て水を飲んだ後、花壇のまわりを所在なさげにうろうろする児童もいた。

　住み込みのコックが作る均の弁当は、いつも豪華だった。豚の角煮やシウマイといった中華風のおかずを初めて見た級友から、おかずの交換を頼まれることもあった。

　食べることに執着するのは「はしたない」という教えがある伊藤家では、出された料理は残さず食べ、美味しいとも、まずいとも、多いとも、少ないとも言うことは許されなかった。だから、均はおかずの交換を求められればいつでも快諾し、鶏のから揚げと小さな漬物など、かなり不利な取引でもまったく表情を変えず、級友の提案に応じた。

　学校から戻った均は、台所で夕食の支度をしていたコックに声を掛けた。

「郭さん、あのね、お願いがあるんです」

「均さん、おかえりなさい。どうしましたか」

「明日、弁当を2つ作ってほしいんです。ひとつは日の丸弁当でいいんです」

「弁当の量が足りないですか」

「そうじゃないんだけど。母には内緒で、お願いします」

「判りました」

　翌朝、台所のテーブルには2つの弁当があった。「内緒」という言葉のとおり、2つの弁当箱は重ねた状態でひとつの風呂敷に包まれていた。厚みがあるのでなかなか鞄に入らない。一所懸命入れようとしていたら、廊下を母が通った。

「均、さっさとおし。学校に遅れるよ」

「はい。行って参ります」

　均は弁当箱を手に持ったまま、玄関を走り出た。

　その日も昼食の時間がやってきた。「いただきます」の後、均は鞄から出したもうひとつの弁当箱を隣の席にいる金本にそっと渡した。金本はびっくりした顔で机の上に置かれた弁当箱と均の顔を交互に見つめていたが、少しして静かにうなずき、そっと蓋を開けた。均は、日の丸弁当の方を食べた。弁当を食べ終わった金本は、静かに蓋を閉めて隣を向いた。空になった弁当箱をそっと引き寄せた均は、自分のものと一緒にまた風呂敷に包んだ。

　ある日、均はみんなの弁当を一旦集め、シャッフルして配るゲームを提案した。おかずの交換どころではない、弁当の交換だ。普段美味いものを食べている児童は麦飯と目刺しにがっかりし、食べたことがない豪華なおかずに当たった児童は、目を輝かせてかき込む。希望する者だけが参加し、当たった弁当は残さずきれいに平らげることがゲームのルールだった。質素な弁当でも、端にある漬物は美味い。そこには食べてみるまで何が美味しいのか判らない、純粋な面白さがあった。

均の提案で始まった「弁当シャッフル」は、ある日親たちの知るところとなり問題になった。我が子のために心を込めて弁当を用意している母親にしてみたら、たまったものではない。毎日弁当箱は空になって戻ってくるが、それを食べたのは知らない子供だ。しかも自分の子供が貧相な弁当を食べていたとなれば、憤るのは当然だろう。土曜日、半ドンで児童たちが帰った職員室に母親たちが集まっていた。

「学校はこんなふざけた遊びを放って置くつもりなんでしょうか」

「毎日10人くらいで弁当を交換しているそうじゃありませんか。こんなこと、いったいいつから始まったんです」

「さあ……。実は私たちも最近知ったところでして……」

「先生方は私たちが毎日どんな気持ちで弁当を持たせているか、おわかりになっていない」

「そうですよ。しかもこの凶作の中、食べ物で遊ぶなんて」

「まあまあ、子供たちがやったことですから……」

担任の教師は母親たちをなだめた。

「うちの子を問い詰めたら、伊藤君が率先していると言っていました」

「それは初耳ですわ。伊藤さんというと、あの下宿屋の」

母親たちは一斉に顔をしかめ、均を批判し始めた。

「私が事情を調べて後ほどまたご報告しますから、今日はどうかお帰りください」

数日が経過したある夜、均が深夜階下の便所に向かっていたら、珍しく居間から話し声がした。声を落とした会話の主は、父と母だった。

「それで、職員室にはどれくらいの母親が詰めかけたんだ」

「5人だそうです」

「どこの人だろう」

「さあ。でもみなさん均が始めたと知って、怒り心頭ですって」

「まあそうなるだろうな。じゃあお前が学校に呼び出されたときは、母親たちはいなかったのか」

「ええ。みなさんお帰りになった後でした」

「それで先生はなんて?」

「即刻止（や）めさせるようにと」

「そうか。均には伝えたか」

「いえ、まだです」

針がカチッと動く音がして、柱時計が鳴り始めた。

「もうこんな時間か。そろそろ寝るか」

柱時計が12回鳴り終わる前に、均は階段を上って布団に戻った。


日曜が過ぎ、月曜日がやってきた。この日、朝礼で担任から弁当の交換を禁じられた。常連の子供たちは、ばつが悪そうに顔を見合わせた。その日から急に弁当の時間は静かになった。


均がいつものように学校から帰り、２つの弁当箱を台所に置いてから居間に向かうと、ハルは卓袱台でお茶を飲んでいた。

「ただいま戻りました」

「はい、おかえり。均、お前さんは、お昼にみんなのお弁当を交換する遊びをしているのかい」

均はやっと来たかと思った。叱責（しっせき）の覚悟はできていた。

「はい」

「なんでそんなことをするんだい」

均はクラスのみんなの弁当が違うこと、自分の弁当が豪華であること、弁当を食べられない児童がいることを語った。

「じゃあ最近お弁当を2つ持っていっているのは、誰かにあげてるのかい?」

ハルは知っていた。

「はい……。郭さんから聞いたんですか」

「判るんだよ。あんな風呂敷包みを持ってくんだから……」

ハルは少し笑った。毎朝弁当をこっそり持ち出す均を、ハルは横目で眺めていたのだ。

「金本君は、朝鮮(ちょうせん)の人なんです」

「お弁当をあげていたのは、金本君というのかい」

「はい。朝鮮語でよくわかりませんでしたが、こないだ金本君のおばあさんからお弁当のお礼を言われました」

「お母さんじゃないのかい」

「金本君の家族は、おばあさんしかいないんです」

「ふうん、そうかい」

その夜もハルと五郎は居間でしばらく話し込んでいた。ほどなくして、今度はハルが一人で職員室を訪れた。

「伊藤、お前の母ちゃん、さっき職員室にいたぞ」

「えっ」

その後、弁当を持参できない児童への対策が始まった。大人たちの間でどういうやりとりがあったのかは判らないが、学校から弁当が支給されることになったのだ。中味はほぼ毎日、日の丸弁当にほんの少しの漬物だったが、これで金本もみんなと一緒に「いただきます」と言った後、弁当が食べられるようになった。

均は、無言で弁当を食べる金本を見ながら、約束を守ってこっそり弁当を用意してくれていた郭さんの横顔を思い出していた。

## 3 ニトログリセリン——一九三五年（昭和十年）

子供の頃から下宿生と過ごし、彼らから様々なことを教えてもらい、「学者になりたい」という夢をもった均が夢中になったのは化学だった。小学校に上がるまでに、早稲田大学の理工学部で学ぶ下宿生の原田から、ひととおりの元素記号を学んでいた。

「均君、これはなんだかわかるかな」

「横文字は判りません」

「化学を理解するには、元素記号を知らないといけない。それにはまずアルファベットだ」

「それを教えてください」

好きなことはとことん追求する均は、2年生にもなると放課後は化学教室に忍び込み、1人で実験することが多かった。薬品も機材も使った後に元通りにしておけば、先生にバレることはなかった。均はある日、ニトログリセリンの存在を知った。

放課後の帰り道、級友とこんな話になった。

「ニトログリセリンって知ってる」

「なにそれ」

「爆薬だよ」

「爆薬って兵隊さんが使うもの」

「うん。まあ……」

「それがどうしたの」

「それを作るんだ」

「爆弾を作る。いつ。僕にも見せてよ」

「明日だ」

「明日」

翌日の放課後、均は母の鏡台から失敬したグリセリンの瓶を持って化学教室に忍び込み、試験管1本分のニトログリセリンを作った。わずかな衝撃で爆発するのを知っている均は、試験管を両手で持ち、胸の前で慎重に抱えている。隣には昨日話した級友の横瀬（よこせ）がいた。2人で静かに試験管を見つめた。

「伊藤君、どこで爆発させる?」

「危ないから、木箱に載せて川に流そう。流れているうちに何かにぶつかって爆発するよ」

「みんなを呼んでくる」

横瀬の話はあっという間に広がり、近所の子供たちが集まってきた。試験管を慎重に持って歩く均を、数人の小学生が後ろから追う。行列の中には中学生もいた。

「あいつが持ってるの、爆弾なんだって」

「嘘（うそ）だろ……。ただの水だろ」

「そうだよ。爆弾はもっと大きくて、鉄でできているはずだ」

妙正寺川の支流の脇（わき）を歩いていた均は立ち止まり、振り向いた。

「横瀬君、いくよ」

均は栓をした試験管をそっと木箱の上に置き、川面（かわも）に浮かべると静かに手を放した。川のゆるい流れに乗って木箱は緩やかに流れていく。川底から顔を出している石にぶつかってすぐにバンとはじけると思っていたが、木箱は石を器用にかすめて流れていく。みんなの期待をよそに、何にぶつかるでもなくどんどん流れていく。

「伊藤君。行っちゃったね」

「どこまで行くかな。あの橋には当たるかな……」

均は木箱の行方(ゆくえ)を追っていた。野次馬も後方で注視していたが、何も起きない。拍子抜けした中学生が言った。

「やっぱり嘘じゃねえかよ」

その言葉を無視するように、均は静かに両耳を手でふさいだ。その刹那(せつな)、大音響が鳴り響き、木造の橋はまさに木っ端微塵(みじん)になった。さっきまで橋をかたどっていた木材は木片となって宙を舞っている。1分もすると川面はバラバラと落ちてきた木くずで一杯になった。

「橋がない……」

突然のことに子供たちは、目も口もポカンと開けたまま、橋があった場所を見つめていた。

「あの爆弾で壊れたんだよな」

「うん。すごい音だったね」

「きっと遠くまで聞こえたよね」

「大人がびっくりして走ってくるんじゃないの」

「僕たち、叱られるんじゃないか」

「まずいよ、おまわりさんに捕まっちゃうよ」

子供たちの動揺をよそに、均はひとりごとを言った。

「書いてあったとおりだ……」

爆発音を聞きつけた大人たちが、遠くからこちらへやってくるのがみえた。

「逃げよう」

横瀬の声に誘われ、級友たちは一斉にその場から走り去ったが、均だけはその場を動かず川面の木片を見つめていた。集まった大人たちは何が起こったのか理解できない様子で、橋があった場所を何度も眺め、不安な表情をみせるだけだった。人だかりが増える中、小走りに駐在がやってきて、集まった大人たちに話を聞き始めた。

「いったいどうしたんですか」

「どうもこうも、大きな音がしたと思ったらこれですよ」

駐在は胸ポケットから出した警察手帳にメモを取りながら訊ねた。

「上流から流れてきた何かが、橋げたにぶつかったのかな」

「いやあ、ぶつかったんじゃなくて、何かが爆発したんですよ」

「上流の方で工事は」

「ありませんねえ」

「そうですか。いったいどういうことなんでしょうねえ」

均が大人たちのやりとりを見ていると、後ろからハルの声が聞こえた。

「均、ここにいたのかい」

「あ、お母様」

「橋が爆発でなくなったって聞いたから、慌てて見にきたんだよ」

「そうみたいです」

「いったい何があったんだろうね。恐いねえ」

もしここで自分が作ったニトログリセリンで橋を爆破したと正直に言えば、母が大事にしている化粧品をこっそり使ったことがばれてしまう。爆発を見届けたからには、もうここには用はないと思った均は言った。

「お母様、もう帰りましょう。そろそろお父様がお帰りになります」

母と並んで帰る均の心中は、初めて作ったニトログリセリンの威力を全身で受け止めた感動でいっぱいだった。

——理論通りのことをすれば、理論通りの結果がでる。いい加減にやったり、手を抜いたりすれば、それだけの結果になる。こんな面白いものはない――

趣味が爆破の小学生、伊藤均はこの時8歳だった。

## 4　青年将校――一九三五年（昭和十年）

容赦なく照り付ける夏の日差しと競い合うように、力の限り鳴いていた蟬の声が少しずつ消え、陽の傾きと共に秋の虫が涼し気な音色を奏で始めた9月。夏休み明けの学校帰りに均は、同級生の野中勝の家で雑誌を読んでいた。

「伊藤君、少年倶楽部の8月号、読んだ」

「読んでない」

「これみて。すごいよ。地走爆雷だって」

野中は見開きのカラフルなページを開いて均に見せた。誌面には「陸の魚雷・地走爆雷」とあり、タイヤのような形をした爆弾が敵に向かって斜面を転がっていく様子が描かれていた。望遠鏡を覗く兵隊の先では、敵陣地の壁が爆破され煙が上がっている。

「わあ。これがたくさん転がってきたら敵も慌てるね」

均は手渡されたページをしげしげと読み始めた。この頃の少年誌は戦地を紹介するページが多くなり、支那の奥地や海、そして空で活躍する兵隊の凛々しい姿に憧れを抱く少年を増やしていた。

「伊藤君も、大人になったら兵隊さんになるかい」

野中は当時の少年としては、ごく普通な質問を投げかけた。地走爆雷のページを読みながら聞いていた均は答えた。

「僕はねえ、科学者になりたいんだ。それも、化学者にね」

「バケガク？」

「それでノーベル賞を取るんだ」

「ノーベル賞って、ダイナマイトを発明したノーベル博士の」

「そうそう」

「伊藤君、爆弾が好きだもんね」

野中は半年前に、均が自作のニトログリセリンで近所の橋を爆破したことを覚えていた。その場にいなかった野中は最初信じられなかったが、消えた橋を目の当たりにし、友人から聞いた爆破の衝撃を想像した。

「ここに書いてある地走爆雷も、ニトログリセリンを使っているのかな」

「ニトロは管理が難しいから、これは黒色火薬じゃないかなあ」

少年倶楽部を囲んで畳にうつ伏せになっている2人が、描かれている地走爆雷の形状をもう一度よく確認しようとしたとき、1階の勝手口から声がした。

「野中さーん」

「あ、料理屋だ」

野中が立ち上がった。いつもなら女中か母が応対するのだが、今日は誰も出ていかないようだ。

「伊藤君、ちょっと見てくるね」

「今何時だい」

「6時を回ったところ」

「もうそんな時間かあ。じゃあ、そろそろ帰るよ」

畳に広げた少年倶楽部を本棚に戻した野中に続いて、均は階段を降りていく。1階に降りると応接間の方から男たちの声が聞こえてきた。

「あら伊藤君、来てたのね」

応接間から出てきた野中の母が立ち止まって声を掛けた。その横を割烹着姿の女中が盆を持ち、軽く会釈をして忙しそうに台所に向かった。

「こんにちは、おじゃましています」

「お客様がたくさんいらしていて、何もお構いできなくてごめんなさいね」

「いえ、私はもう失礼しますから」

奥から賑(にぎ)やかな声が響き、野中はうんざりした表情を見せた。

「最近は毎日なんだよ」

「お客様って、野中君のお父さんに」

「ううん、違う」

「お祖父様のところにいらっしゃるのよね」

野中の祖父、野中勝明(かつあき)は日露(にちろ)戦争で重砲の旅団長として活躍した人物である。日露戦争の陸上戦は乃木希典(のぎまれすけ)陸軍大将に脚光が当たるが、当時は野中少将の活躍があってこその勝利ととらえている人が多かった。尊敬する野中勝明少将を慕い、軍人たちが野中家に集まっては、毎夜天下国家を語り合っていた。ちなみに野中の父である野中次郎(じろう)は二・二六事件で警視庁を占拠した野中四郎(しろう)の兄であり、この時陸軍中佐だった。

軍人一家の野中家をはじめとし、この辺りには関東軍参謀長の上野(うえの)陸軍中将、斎藤(さいとう)陸軍少将、安藤(あんどう)海軍中将など、高級軍人の家がいくつもあった。新興住宅街に建てられた広い庭のある閑静な一戸建ては、昭和の軍人一家にちょうどよかった。毎朝決まった時間になると

「行ってらっしゃいませ」という家人のお辞儀に見送られ、軍服姿の主人が門から一斉に出てきた。隣に部下を従えた姿はいかめしくとも、近所の子供たちが敬礼をするとみな笑顔で答礼をしてくれた。

「お母様、勝手口に料理屋が来ていました」

「今およねが行ったから、大丈夫でしょう」

「あの人たち、また遅くまで騒ぐのかな」

「どうかしらねえ」

野中の母も、笑顔の下に困惑を隠していた。小走りにやってきた女中のおよねが尋ねた。

「奥様、お料理をお出ししてもよろしいでしょうか」

「まだ飲み始めたばかりですからね。もう少し後にしましょう。それよりお酒を切らさないようにしてちょうだい」

邸内には、酒が回って威勢がよくなった男たちの大声が響き渡っていた。口論のようなやりとりとそれを諫(いさ)める声が重なったかと思うと、急に数人が縁側に出て大声で軍歌を歌い出す。料亭ならまだしも、ここは静かな住宅街だ。広い庭がなければ明らかに近所迷惑だった。応接間に酒や料理を運んだ女中が客のちょっかいで小さな悲鳴をあげて逃げてくるたび、野中の母親が険しい顔をして応接間に急ぎ、場の雰囲気を壊さないよう客をもてなしていた。

「いやあ、それにしても野中少将が羨ましい。野中中佐にはこんな立派な奥様がいらっしゃる。絵にかいたように素晴らしい軍人一家ですなあ」

下品な笑い声から逃れるように、均と野中は玄関に向かった。靴紐を結びながら、均は振り返らず言った。

「野中君も大変だね。それにしても、どうしてあんなに絶叫しなきゃならないんだ」

「いつもだよ……」

「さっきから、不平不満と、少将へのゴマすりしか言ってないじゃん」

「いつもね……」

「みんな、おじさんより下だよね」

「中尉の人が多いから、陸士（陸軍士官学校）の後輩だと思う」

靴を履き終わった均は、野中に挨拶をした。

「じゃあまた」

「また……」

昭和10年といえば、世界恐慌による不景気からの回復が頭打ちになり、農村部での生活苦はさらに深刻になった。その一方で汚職事件が続発し、権力者と財閥だけが豊かになっていく様は、庶民の政治不信と財閥憎悪を高めていった。次代を担うという自負心の強い青年将校たちは、日ソが対立する中で満州制覇に対する焦り、ロンドン海軍軍縮条約締結による軍縮体制で処遇が悪化したことへの不満、社会不安により共産主義に傾倒していく人がまた増えていくことへの危機感もあって、「昭和維新」を掲げた。私利私欲に走る政治家や財閥を排除し、明治維新の精神に立ち戻って天皇陛下を中心とした強い国家を目指すという思想は、国を憂い、国民の幸福を願う純粋な軍人達の心に広く浸透していった。

　野中家に集まった青年将校達も「昭和維新」を叫んでいたが、その行動を間近で見ていた均たちにとっては、明るいうちから人の家に押し掛け、出された料理を肴に酒を飲み、真っ赤な顔をして呂律も回らず怒鳴って騒いでいるだけの輩というイメージが強く、嫌っていた。無論、社会背景も世の中の実情も理解しづらい小学生ではあるが、先入観がない2人の青年将校評は、案外正しかったかもしれない。なぜなら、現実に会話の内容をつぶさに聞いているからである。毎夕、聞こえてくる大声での議論は、社会問題に対する真面目な評価でもなければ、その解決法の思案などでもなく、社会問題の原因を単純に誰かに決めつけ、強硬策を声高に叫び、自分たちの勇ましさを強調しているだけだったからだ。

　七五三の祝い着が軍服になり、陸軍士官学校、海軍兵学校への進学を目指す子供が激増する風潮の中、均は、ああいう大人にはなりたくないという軽蔑の念を募らせていった。

## 5 七戸南部家——一九三六年（昭和十一年）

「奥様、均さんの御仕度ができました」

昭和11年を迎えたばかりの冬の朝、均は紋付き袴姿で鏡台に映る自分の姿をまじまじと見つめていた。微かに樟脳の匂いがする黒羽二重の羽織は、深い艶を放ちながらしっとりと肩を包んでいる。身体を左右に振るたびに、硬く閉じた袴の折り目がふわりと開くのがおもしろい。胸元に白く染め抜かれているのは、下がり葉出散藤。鏡を覗くと背中にも同じ伊藤家の家紋が光っている。

「あら、立派じゃないの」

「去年よりだいぶ背が大きくなって……」

直したばかりの肩口と袖口を持って、女中のお初が均の羽織を軽く整える。すると奥から均と同じ樟脳の匂いをさせて、礼装の父がやってきた。

毎年正月は、世田谷にある南部家に挨拶に行くことになっている。明治維新で南部七戸藩は廃藩となったものの、殿様とその家老という関係は60年以上を経た昭和初期も脈々と続いていた。

「しぶやー、しぶやー」

渋谷駅に停まった電車から、たくさんの乗客が降りてくる。新年の挨拶に向かう人たちなのか、不況の中にあっても晴れ着姿は華やかだ。

「均、乗り換えだ」

父はいつものように玉川線の改札へ向かった。これまでも何度か南部家に出向いている均にとっては、馴染のある乗り換えだった。雑踏をかき分けて、ホームに停車していた車両に乗り込む。五郎は空いている座席を探し、均を先に座らせてから隣に腰かけた。発車ベルと共に、電車は渋谷の街をゆっくりと滑り出した。

「お父様、私が初めて南部様のところへ伺ったのは、3歳くらいですか」

「そうだな。あの頃から均は大奥様に気に入られていたな」

この頃、南部家の当主、信方はすでに亡くなり、還暦を超えた妻の澄子が家を取り仕切っていた。事実上の当主となり、周囲から大奥様と呼ばれる澄子の身辺に仕え、様々な雑用を請け負うのが小姓に選ばれた均の役目だった。いまでは子爵となった南部家でも、挨拶に訪れた要人を迎える際は、襖の奥に鎮座する澄子の後ろに常に正装した小姓の均が控えていた。

均が小姓役を務めるようになったのは、小学校に上がった頃からだった。ある日、七戸南部家に均と近い年齢の男子が3人、集められた。よく見ると正月に顔を合わせたことがあるいとこたちだ。お互いなぜここに呼ばれたのかはわからない。居間で大人しく待っていると、女中が名前を呼んだ。

「均さん、こちらへ」

「はい」

廊下を進んだ先にある部屋のドアを女中がノックすると、談笑がぴたりと止んだ。絨毯が敷かれた洋間には、大奥様がソファにゆったりと腰かけていた。テーブルを挟んだ向かい側には、大奥様の娘たちもいた。3人の視線が一斉に均に集中した。

「均でございます」

「これを青山さんのお宅に届けておくれ」

「はい」

テーブルの上には、ちりめんの風呂敷に包まれた箱があった。傍に立っていた女中が大奥様に促され、風呂敷包みをゆっくりと均に渡した。木の箱の中には、茶碗のような何か硬いものが入っているようだ。包みを抱く均の指先を3人が見つめる。

「では行って参ります」

「大切な品物だから、くれぐれも粗相のないように。頼みましたよ」

「承知致しました」

女中から道筋を聞いた均は、屋敷から10分ほど歩いたところにある青山家に迷わず辿り着いた。青山家も南部家に劣らず、大きな屋敷だった。玄関で口上を述べ、届け物を渡し屋敷へ戻ると、さっきいた2人のいとこたちはすでに去った後だった。

「ご苦労様」

大奥様にそう声を掛けられた均は、屋敷を後にした。途中、屋敷の女中たちが妙に親しげな笑顔で均を見つめているのが不思議だった。後からわかったことだが、これは小姓の試験だった。最初の部屋で会ったいとこたちは、均と同様に小姓候補として屋敷に呼ばれていた。家老につながる家のめぼしい年の者はみな同じ試験を受けたが、血筋として非常に遠いにもかかわらず、南部家の小姓を務めることになったのは均だった。

車窓に映る景色に少しずつ建物が減り、のどかな世田谷の町が見渡せるようになってきた頃、父は言った。

「お前が南部様の小姓に選ばれたことに、驚きはなかった。お前は小さい頃から、命じられれば何時間でもじっと座っていられるような変わった子供だったからな。小姓に選んだ理由は作法や言葉遣い、そして手が綺麗なことと大奥様は仰っていたが」

「手、ですか」

均は自分の小さい手を、膝の前に広げて眺めた。

「そうだ。高貴な方への親書を預かることがあるからかもしれんな」

華族同士の付き合いでは、使者に親書を持たせたが、情報が漏れては困る縁談などの場合、敢えて子供の使者を向かわせることがあった。実際に細川家と近衛家の婚約で使者を務めた均は、そのお礼として近衛文麿から赤坂の料亭に招待され、昼食を御馳走になった。また小出子爵のところへ使者に赴いた際は、いつも帰りにお菓子を持たされた。均のような小さな子供が小姓の作法を身に付け、南部家の正式な使者として現れる様は、昔を知る人たちに懐かしく受け入れられていたのかもしれない。


父は明治維新から59年後に生まれたが、士族だった家の中には江戸時代からの生活習慣や価値観がそのまま残っていた。その最たるものは、父が受けた躾であろう。物心つく頃から正しい言葉遣いを求められ、幼児語などあり得ない。襖の開け方、立ち振る舞い、礼儀作法も厳しかった。それと同時に生きる強さ、したたかな生命力も求められ、その生きるということは「己ではなく、他者のために命を使うこと」と教え込まれていた。

そのように育てられた父だったが、幼少期はなかなか社会に順応できず、生きづらかったたようだ。それは受けた教育とは別ものの、生まれ持った性格によるもので、はなから場の空気を読む気がなく、悪い意味で意志が強いのでやりたいことはやり、さらに欲がないのでアメで釣られることもなく、心身の痛みに鈍感なのでムチも効かないからである。

ところが、時が進み軍靴の響きが大きくなると、人々にとっては生きづらい世になっていったというのに、父にとっては生きやすい時代になっていった。

本人いわく「戦色が濃くなるにつれ、どんどん自由になっていった。それまでは教官に異を唱えると、殴られるだけだったが、いつの間にか、それを聞くようになり、試して見せろと言うようになり、そのとおりだな、と認めるようになった」そうだ。

次章は、昭和11年、父が9歳の時に勃発(ぼっぱつ)した二・二六事件からである。

# 2章　軍靴の響き

# 1　二・二六事件――一九三六年（昭和十一年）

「均、今日は遅くなったからここへお泊まり。明日の朝、学校に間に合うように自動車で送らせます。五郎には電話をしておくので、心配しなさんな」

昭和11年2月25日、均は世田谷区の松陰（しょういん）神社近くの南部家を訪れていた。この日も均は南部家を取り仕切る大奥様に呼ばれて、広い屋敷の奥で行儀見習いをしていた。当主の大奥様の傍（わき）に控え、雑務を請け負う小姓には細かな作法が求められた。重要な客が訪ねてくる際は、正装をまとい腰に刀を差して玄関で出迎える。大奥様が客に応対する際は、その後ろで微動だにせず何時間でも正座していなければならない。また、天長節（てんちょうせつ）（天皇陛下の誕生日）には、子爵家のひとつとして宮城に招かれる当主の名代となり、均が参内することもあった。

屋敷の奥では、細かく決められた作法のひとつひとつを自然に行えるように何度も繰り返し、身体（からだ）に覚えさせていく。付け焼き刃の成り上がり者には決してできない自然な振る舞いだけが、七戸南部家の威厳を示すからである。

いつもは夕方になると電車で自宅に帰るのだが、3日前の早朝から降り始めた記録的な大雪がまだ道路に残っていたため、帰宅途中に電車が停（と）まることを心配した大奥様が均を気遣い、その夜は南部家に泊まることになった。広い屋敷に大奥様と女中数名だけが暮らす南部家の夜は、下宿生8名と妹、弟に住み込みのコック2名がいる自宅とは異なり、生活音がまったくない。さらにその夜は街を覆った雪が外からの音を吸い込み、完全な静寂に包まれていた。冷たい布団に入り、障子（しょうじ）からこぼれ入る僅（わず）かな明かりの中で見慣れぬ天井を見つめていると、均はたった一人で宇宙空間にいるような気分になり心地よかった。賑（にぎ）やかな家で育った均だったが、独りきりになることも好きだった。

「均さん」

ふすまの外側で女中が均を呼んだ。

パッと目を見開いて返事をすると、顔だけがひんやりと冷たかった。体温で温められている布団から出たくないという衝動が一瞬頭をよぎったが、勢いよく跳ね起きると、枕元（まくらもと）に真四角に畳んだ服の一番上にある靴下を素早く履いた。

「御仕度ができたら食堂にいらしてください。朝食をご用意してございます」

長い廊下にでると屋敷の奥にある柱時計が「ボーン、ボーン」と5回響いた。窓の外はまだ暗かったが、庭の木々に積もっている雪がぼんやりと光っていた。身支度を整えた均は、食堂に向かった。ドアを開けると大きなダイニングテーブルの向こうには大奥様が座り、一足先に朝食を摂っていた。

「おはようございます」

「ごきげんよう。眠れましたか」

「はい」

　少し離れた席に座った均の前に、朝食の膳が置かれた。鈍く輝く漆の器には、どれも南部鶴の家紋が入っている。椀の蓋を開けると、いつも母が用意する味噌汁とは異なる香ばしい味噌の香りが立ち上った。

「雪はまだあるようだけど、自動車を呼んであるからそれに乗ってお行き。いまから出れば、学校には十分間に合うだろう」

　女中に呼ばれて玄関を出ると、門の外に黒塗りの大きな自動車が停まっていた。車の横に立って均を待っていた白手袋の運転手が、均に気づいて後部座席のドアを開けた。

「お乗りください」

　運転手の言葉に促されて乗り込むと、一瞬車体が大きく沈んだ。子供の自分だけで、こんなに沈むのかと新鮮だった。均が座席に座って落ち着いたのを確認した運転手は、外側からゆっくりと確実にドアを閉めた。車の外にはさっきの女中が寒さで細かく身を震わせながら、車の出発を待っていた。

「運転手の柳田と申します。ご自宅までお送り致します」

「はい。よろしくお願いします」

「かしこまりました」

挨拶を済ませた運転席の柳田は、バックミラー越しに改めて均と視線を交わした。軽く帽子を直した白い手袋が大きなハンドルをつかむとエンジンの音が大きくなり、車が動き出した。後ろでは女中がこちらに向かって深々とお辞儀をしている。均も軽く会釈をし、南部家を後にした。

均を乗せた自動車は、磨き上げられた車体に雪景色の帝都を写しながら、厚木街道（現在の国道２４６号）から内堀通りを経由し、青梅街道を目指す。しかしこの日は宮城に近づくにつれ、通りのあちこちに分厚い外套を身に着け、銃を持つ軍人の姿が増えていった。いつもは濃い緑に包まれている宮城付近の風景は、白い雪と軍服のカーキ色で塗りつぶされていた。

「運転手さん、あの人たちは」

不思議に思った均は、運転手の肩越しに尋ねた。

「さあ、陸軍の兵隊さんのようですが、演習でもあるんでしょうか」

「そうですか……」

「それにしても数が多いですね」

柳田が言い終わる前に、車は険しい顔をした兵隊に停められた。銃を抱えた数人の兵隊が一気に車を取り囲み、車を道の端に誘導する。運転手側の車のボンネットを叩かれ、柳田が静かに窓を開けた。

「何があったんですか」

「戻れ。ここから先は通行止めだ」

「えっ」

「いいから、すぐに戻れ。誰も通すことはできん」

柳田の顔色が変わった。

「均さんはこのままここでお待ちください」

均は一人で車内に残された。歩道では背広姿の柳田が寒さをこらえながら、何度も何かを説明しているのが見えた。兵隊は厳しい態度で顔を左右に振り続けている。

道路の少し先には、銃を構えた兵隊たちが、緊張した面持ちで一列に並んでいた。構えた長い銃の筒先は、雪に照らされ冷たく光っている。一文字に結んだ兵隊の口元が時々震え、白い息が漏れるのが見える。次々と組み立てられていくバリケード（鉄条網）の横に見えるのは、少年倶楽部で見た機関銃だろうか。一帯にはこれまで均が体験したことがない、物々しい空気が漂っていた。

　このままでは学校に遅れてしまうと思ったが窓越しに外の様子を見まわしていると、遠くに整列している兵隊の集団の中に見慣れた顔を見つけた。

「おじさーん」

　均は車の窓を開けて呼んだが届かなかった。そこで窓から身を乗り出し、将校をもう一度大声で呼んだ。

「おじさーん。野中のおじさーん」

　こちらに気づいた将校は、少し驚いた顔で車に近づいてきた。

「おお、貴様か、こんなところで何をしている」

　見慣れた顔というのは、二・二六事件の中心人物である野中四郎大尉だった。兄である野中次郎氏の家は伊藤家の近所にあり、息子の勝と均は同級生で親しかった。たびたび兄宅を訪ねる野中大尉に、小さい頃(ころ)から均は可愛(かわい)がられていた。

「これから帰るところなんです」

「そうか。それでどうした」

「兵隊さんが、通れないって言うんです」

「そんなことか。運転手はどこだ」

「あそこです」

均が指さした方に、すかさず野中大尉が向かった。大尉が短く言葉を発すると、運転手と話をしていた軍人が敬礼し、すぐさま車を取り囲む兵隊に何かを指示した。すると恐い顔をしていた兵隊はあっという間に車から離れた。

「均君、学校にはまだ間に合うか」

「今、何時ですか」

厚い外套の袖をめくり、野中大尉は腕時計を見た。

「まだ7時前だ」

「それなら間に合うと思います」

「そうか。しばらく会っていないが、勝は元気か」

「はい。元気です。この間も遊びにいって、一緒に少年倶楽部を読みました」

「最近の少年倶楽部は、兵隊のことばかりだろう」

解放された運転手の柳田が、ほっとした顔で戻ってきた。車の横に立つ野中大尉に一礼をし、運転席に乗り込んだ。寒さで震える手に息を吹きかけ、無言のままエンジンをかけた。

「じゃあな、均君。五郎さんによろしく伝えてくれ」

「はい」

親しげに勝の話はできても「今、何が起きているんですか」と聞くことはさすがの均もできなかった。それは野中大尉の目つきが尋常ではなかったからだ。当然である。野中大尉が歩兵第3連隊の430名を率い、警視庁を襲撃し、占拠してから2時間しか経過していなかったのだ。

ゆっくりと走り出した車の中から均がお辞儀をすると、野中大尉は小さくうなずいた。そして何事もなかったように、大尉は兵隊の集団に紛れていった。それは均が最後に見た野中のおじさんの姿だった。

車は宮城を右手に見ながら、ゆっくりと方向を変えた。通りに兵隊たちの姿が少なくなってきた頃、柳田がバックミラーの均を見て、やっと口を開いた。

「いやあ、驚きました。兵隊に囲まれるなんて初めてでしたからねえ。とにかくびっくりしました」

柳田の口調には、世田谷に引き返さずに済んだ安堵が漏れていた。

「何があったんでしょうか」

「それがですねえ、何を聞いても『ここから先は通さん』の一点張りで……。あそこで話していたのは、偉い将校さんですか」

「ええ。あれは野中大尉です」

「ご親戚ですか？」

「いえ。同級生のおじさんなんです」

「そうですか。あの方が命令したらすぐ解放されたってことは、さぞ偉い軍人さんなんでしょうね」

自宅近くまでくると、雲はさらに厚く、空気は重くなっていた。

「この辺りで大丈夫ですか」

「はい。ありがとうございました」

車が停まり、柳田が開けたドアから均が降りた。湿った雪を踏んだ靴が冷たい。

「それではお気をつけて。失礼します」

去っていく車の屋根に、白い雪が積もっていた。門をくぐると玄関の前で寒そうに待っていた女中が叫んだ。

「奥様。均さんがお戻りになりました」

するとすぐさま母も出てきた。

「おかえり。無事に帰ってこられたかい……」

「はい。途中、宮城の辺りで兵隊さんに車を停められましたが、勝君のおじさんがたまたまいてなんとか通して貰えました」

「野中四郎さんかい」

「そうです。大通りに銃を持った兵隊さんがたくさんいました。機関銃も見ました。お母様、いったい何があったのでしょう」

女中は手慣れた様子で均の外套を預かり、軽くブラシをかけた。すぐまた学校に向かうことがわかっているからだ。

「まだよくわからないんだよ。とりあえず学校に行っといで。先生から何かお話があるんじゃないかい」

「はい」

女中からまだ温かい弁当と外套を受け取り、均は学校へ急いだ。教室に着くと、みな落ち着かない様子で雑談していた。均はぎりぎりで席についた。

「均君、何があったのか知ってる」

廊下に先生の姿が見えないことを確認し、隣の席の横瀬が訊ねた。

「知らない」

「国会議事堂のあたりに兵隊さんがたくさん集まってるらしいんだ」

さっき車で通った宮城付近だけでなく、永田町にも軍隊が展開していると聞き、均は驚いた。

「陸軍の大規模演習だって言っている人もいるけど……」

均は考えていた。――ついさっき車の中から見た光景、大通りに設置されていた鉄条網や機関銃は演習のためのものだったんだろうか……。兵士の表情、何より野中大尉の目つきが尋常ではなかった。演習でないとすれば、何だ――。

学校も普通ではなかった。教官室の扉には「立入禁止」の札。朝から校長以下すべての教員が集められ、会議がずっと続いていた。

30分程遅れてようやく担任が入ってきた。級長の号令で児童たちはいつものように起立し、姿勢を正して教壇に向かって礼をする。全員が着席したのを確認した担任が口を開いた。

「えー、ちょっとごたごたがあったので、今日の授業はない。これで全員帰宅するように」

それだけ言った担任は、すぐ教室を出ていってしまった。足音が遠ざかるのを待って、みな一斉に話し始めた。

「ごたごたって何だろう」

「先生もよくわかっていないんじゃないか」

「それにしても、こんなに早く帰れることなんて滅多(めった)にないよ」

「あのさ、家にランドセルを置いたら、校庭で雪合戦しよう」

「いいね。何時に集まる」

「俺は9時半には行けるよ」

急な帰宅指示に教室の同級生は沸いていたが、均だけは素直に喜べなかった。何か大きなことが起きている気がしていたからだ。雪合戦の誘いを断り、家に急いだ。

「ただいま帰りました」

家に着いて玄関の引き戸を開けると、奥から女中が小走りでやってきた。

「おかえりなさいませ」

居間にいくと母がいた。

「おかえり。先生はなんて仰ったんだい」

「ちょっと、ごたごたがあったんで、今日は授業がないとだけでした」

「そうかい。ごたごたかい……」

均はランドセルから冷たくなった弁当を出し、居間の卓袱台の上に置いた。

「均さん、お弁当を召し上がりますか」

「いえ。まだお腹が空いていないので、お昼になってから食べます」

頷いた女中は台所仕事に戻った。

「お父様もまだお帰りにならないから、何だかさっぱりわからないね。ゆるりとおし（ゆっくりしていなさい）」

母は、神田の生まれで短気ではあったが、鷹揚で何事にも動じない性格だった。

「陸軍の大規模演習じゃないかって言う友達もいました」

「そうかい。考えたって判んないことをクドクド考えるのはおよしよ」

母にキッパリと言われ、均は考えるのを止めた。昼がきて弁当を食べていると、奥で女中同士が喋っているのが聞こえた。野中家の前を通ったら、憲兵が何人も立っていたというのだ。

均は、勝の家に行くことにした。5分ほどの道のりだが、単調な雪道の景色はいつもより長く感じた。なるべくズックが汚れないよう、ぬかるみを避けて歩いているせいかもしれない。勝の家が近づくと、軍人の姿が増えてきた。女中が話していたとおり、野中家の門の前には左腕に「憲兵」と書かれた白い腕章をつけた兵隊が銃を構えて2人直立していた。この日は酔っ払った軍人の代わりに険しい顔をした憲兵が多数集まり、その横を軍人が出入りしていた。

いつものように玄関から入れないと思った均は、勝手口に進んだ。

1人の憲兵が均に気づいた。

「おい、ちょっと」

その声を無視して均は勝手口のドアに手を掛けた。

「おい、そこの君。待ちなさい」

「あ、兵隊さん。こんにちは」

「君はここのうちの子かい」

「そうですが……」

均は自信を持って答えた。するともう1人の憲兵もこちらにやってきた。

「学校はもう終わったのか」

「今日は早く終わりました。急に授業がなくなったんです」

「そうか」

憲兵たちは顔を見合わせてどうしたらいいのか困っている様子だった。それを見た均はすかさず言った。

「寒いから、家に入ってもいいでしょうか」

「ああ……」

すんなりと野中家に入った均は、勝手口で靴を脱いで家に上がる。応接間の方からは、大人たちの話し声が聞こえていた。誰にもみつからないように静かに階段を上り、2階にある勝の部屋に向かい、襖(ふすま)の外から静かに声を掛けた。

「勝君」

驚いた表情で勝は襖を開けた。

「均君、よく来られたね。憲兵さんがいたでしょう」

「いた。たくさんいた」

「よく通してもらえたね」

「勝君に化けた」

「化けた?」

「ニコニコしていたら、勝手口から入れてくれた」

「憲兵さん何か言ってた?」

「ううん。いろいろ聞かれたけど、こっちは子供だから。それにあの人たち、憲兵さんだから簡単だった」

「憲兵さんが簡単って?」

「いつものお酒飲んで、絶叫してる人たち以下でしょ」

「以下って、何が?」

「う〜ん、何だろう、視界の狭さかな……。全体を見てなくて、1カ所しか見ないで動く。レンズのない双眼鏡が目に刺さってる感じするよね。そんな人って誘導しやすいじゃない」

「均君って、時々難しいことを言うなあ」

玄関の前に停まった自動車の重いドアが閉まると同時に、長靴が立てる音が近づいてきた。外を見なくとも、憲兵が緊張して敬礼する様子がわかった。

「ところで勝君、下にいる軍人さんたちは何をしに来てるの」

「それがね、よくわからないんだ。お母様もそっちにつきっきりだし」

「勝君のお父さんはいないの」

「いない。電話がたくさん掛かってきてるみたいだけど」

たしかに階下からは、当時一般家庭にはまだ珍しかった電話が頻繁に鳴り、緊張した声で受け答えしている様子が聞こえていた。

「そう。そういえば今朝、野中のおじさんに会ったよ」

「おじさんって、四郎さん？　どこで」

「宮城の近くで。南部様からの帰りで自動車に乗せて貰っていたら、四郎さんを見かけて声を掛けたんだ」

「へえ」

「たくさん兵隊さんを連れていた。勝君は元気かと聞いていたよ」

「そういえばここしばらく四郎おじさんに会っていないなあ。おじさん元気だった？」

「そうだね。緊張してるような感じだったけどね」

「そう。せっかく来たんだからしばらく遊んでいきなよ。お母様から下に降りちゃだめって言われてるから、つまらないんだ」

階下に漂う不穏な空気は、2階にいる2人にも手に取るようにわかった。それは世間が、社会が、日本が、何か大きな力で動きだしたようだった。しばらくすると、階段を登る足音が聞こえた。

「たぶんお母様だ」

襖を開けた勝の母は、そこにいる均に驚いた。

「あら伊藤君、いつから来ていたの？」

「ついさっきだよね」

「はい。ご挨拶もせずに上がってすみません」

「いえ、いいのよ」

「お母様。あの軍人さんたち、ずっとうちにいるの？」

「ええ、まだしばらくいらっしゃるでしょう」

勝をみて緊張がほぐれたのか、母は小さなため息をついた。

「あのね、均君、今朝四郎おじさんに会ったんだって」

「えっ、どこで？」

「宮城の近くです。たくさん兵隊がいました。僕は車にいたので、中からおじさんを呼んで……」

「何か話した？」

「はい。少しだけ。勝君は元気かと聞かれました」

それを聞いた母の目に、一瞬涙が浮かんだように見えた。

「そう。そうだったの。伊藤君、今日はもう帰りなさい。落ち着いたら、またいつでも遊びに来て頂戴ね」

決して憔悴を見せまいとする勝の母の口調には、軍人の妻の強さがあった。


この日発生した二・二六事件は、陸軍の若い将校たちによって引き起こされたクーデター未遂事件である。反乱部隊は、首相官邸、大蔵大臣私邸、内大臣私邸などを襲撃し、警視庁及び東京朝日新聞社、報知新聞社等を占拠した。決起の理由は、国民の窮乏を野放しにする腐敗した政治を軍人の力で打破し、天皇陛下のもとでよりよい日本を創るということであった。野中大尉はこの3日後、陸軍大臣の官邸で拳銃により自決している。

9歳になったばかりの均は、事件を起こした青年将校が叫んでいた政治の腐敗や国家改造とは、どういうことなのか判らなかった。しかし食べることもままならない人たちがいる一方で、贅沢な暮らしをしている人がいる格差社会に怒りを感じた軍人が起こした事件と理解していた。ところが明るいうちから酒を飲み、声高に理想論を絶叫している若い将校たちの実態を見ていた均は、決起し処刑された青年将校に同情することはなかった。むしろ、あまりにもやり方が単純で、安直すぎるとも思ったし、市中を肩で風斬り、跋扈する軍人の姿に支配欲や出世欲の匂いも感じていた。そして何より「お国のため」「おおやけのため」と語る言葉の裏に強い「わたくし心」を感じ、ああいう大人にだけはなりたくないという思いを強く持った。

## 2 盗伐――一九三七年（昭和十二年）

夏の空、汽笛が一声鳴り響く。車輪を繋ぐ連接棒が往復運動を始めると、車輪はピカピカに光る踏面（接地面）で時折空転しながらゆっくりと回り出した。真新しい蒸気機関車は尻内駅（現八戸駅）を出発した。

小学校5年の夏休みを迎えた均は、東京から七戸（青森県上北郡七戸町）に一昼夜掛けて向かっていた。それは、旧七戸藩藩主、南部家の命によるものだった。この頃、遠く離れた支那大陸では、日中戦争の口火を切った盧溝橋事件が起きていた。支那大陸は、中華民国、中国共産党、武装した馬賊といった様々な勢力がうごめいており、混沌の中にあった。日本が権益を持つ南満州鉄道を守るために駐屯している日本軍と衝突することは多々あったが、この事件を契機に戦線は拡大していったのだった。

上野駅のホームまで見送りにやってきた父が言った。

「均、あの貨車一杯に積み込まれた土産が何か知ってるか」

均の父親は、均が乗り込もうとしている客車の後部に連結されているひとつの貨車を指さしていた。

昭和の末期まで混合列車というものがあった。それは1本の列車に客車と貨車の両方を連結したもので、機関車が引っ張る長い列車は当時の人と物の移動を支えていた。冷蔵品、冷凍品の宅配が当たり前になった今では、食品に関する地方色というものは、ほとんどない。しかし、つい50年前でさえ、その地へ行かなければ食べられないものは多く、まして昭和の前期であれば、地産地消は当たり前、人が移動する際に土産を持っていく意味は大きかった。

「いいえ、知りません。大奥様から『頼みましたよ』と言われただけですので」

「そうかい。あの貨車の中身はなあ、ほとんどが『身欠きにしん』なんだ」

「それはなんですか?」

「にしんの干物だ」

干物と聞いて、均は朝食で見慣れた柔らかい鯵の干物を想像したが、貨車の木箱にはかちかちになるまで干された極上の身欠きにしんがびっしりと詰め込まれていた。

「どうやって食べるのですか」

「野菜と煮たり、蕎麦に載せたりする」

「蕎麦に……」

「七戸はな、東京と違ってなかなか魚が食べられないからな」

「そうなんですか」

「海から遠い山の方にあるからな。だから魚は干物にしたものを食べるんだ」

東京の生活しか知らない均にとって、魚といえば毎日勝手口に御用聞きが持ってくる生ものだった。

「それから土産には、薩摩芋も入っている。両方とも七戸の人は大好きなんだ。土産のにしんも芋も、今の東京で手に入る最高のものが入っている」

「量も相当ですね」

「大奥様の命で行くんだから当然だ」

この頃の蒸気機関車は、燃料と水の補給、列車のすれ違い（単線）で、頻繁に長時間停車する必要があった。均はそのたび、初めて訪れた地を観察する好機とばかりにホームに降りた。

帝都はどこを見ても建物と人の気配があったが、離れるにつれ、民家の代わりに田畑が増え、さらに進むと田畑もなくなった。ただの雑草が生い茂る平地を線路だけが延びていた。駅ごとに、少しずつ空の色や匂いが変わっていく。駅弁売りや乗客が話す言葉も、少しずつ聞きなれない理解不能なものになっていった。

「ぬまさきー、ぬまさきー」

均は荷物を持って列車を降りる。ホームは夏のジリジリとした日差しを受けて陽炎（かげろう）が立ち昇っていた。列車の後方では5~6人の威勢のいい人夫が貨車から荷物をてきぱきと降ろし、あっという間に大量の木箱がホームに積み上がると、あたりに魚の匂いを漂わせた。均が大きな行李（こうり）を抱えて改札で切符を出すと、駅員は小学生である均に少し緊張した表情で会釈をした。

その理由はすぐに判った。改札をでると、黒い紋付き袴（はかま）の50代と思われる男性が仰々しく待ち構えており、その後ろには使用人の男性5名がいた。6人組は、不自然なほどゆっくりと丁寧なお辞儀をすると、先頭にいた礼装の男性が均の足下を直視しながら長々と口上を述べはじめた。

「ジャ、ジャ、ジャ、ジャ、ジャ、ジャ」（遠路はるばる、このような処に、お越し頂き……）

均には、方言がきつくて何を言っているのかさっぱり判らなかった。

テレビの普及によるものだろうか、いまは言語の地方色も薄くなった。方言で部分的に理解できないことはあっても、会話が成立しないということはない。しかしこの時代、東北在住の人々が使う方言は独特であり、他地方の人には非常に通じにくかった。

駅舎の前には、2頭立ての馬車が2台停まっていた。東京で育った均が馬車を見るのは初めてだった。礼装の男性は、均に馬車の後部座席に座るように促すと、自分は前の席に座り「動きますよ」らしきことを言った。均がうなずくと、男性は前を向いて御者に強い口調で何かを言った。舗装されていない道路で土を踏みしめる馬の蹄鉄はほとんど音を立てないが、馬車はかなり揺れた。

均はしばらく両足を突っ張って背もたれに背中を押しつけ、手すりを握りしめて姿勢を保っていたが、前に座っている年配の男性や御者はどこにも力を入れず、楽そうに座っていることに気が付いた。2人は高座の落語家が扇子で蕎麦を食べる仕草のように、胸を張り姿勢良くしているだけだった。彼らの上半身はパンタグラフのように衝撃を吸収し、頭が揺れることはなかった。その様子は、井桁に組んだ柱と柔らかい土壁が、地震の揺れを吸収してしまう日本家屋のようだった。

均が着いたのは南部家が所有する馬の牧場で、そこには１８０人ほどの働き手がいた。そのほとんどは親子何代にもわたってここで働いてきた者たちであり、藩がなくなって70年近く経っても、そこには雇用を超えた領主と領民という関係が続いていた。彼らが寝起きする住居は先祖伝来のもので、天井は大人の背丈より低く、土間の先に薄暗い小さな板張りの居間があるだけの非常に質素なものだった。彼らは領主の遣いで東京からやってきた均を見ると、相手が小学生だというのに、おどおどとした表情で何度も会釈をした。

七戸は平安時代から馬の産地として知られ、明治の中頃には軍馬に向く強い品種を生み出すために、国立の牧場が設立されるほどだった。支那大陸で戦火が拡大しはじめたこの頃から軍馬の需要は急激に増加した。

この牧場も陸軍省から軍馬の生産を請け負っていた。水田はおろか陸稲すら育たない貧しい土地にとって、それは豊かさを手に入れるまたとない機会となった。国家の莫大な補助金が投入される牧場に毅然とした引き締めを求めた南部家当主は、自分の名代として小姓の均を領地に送り、存在感を示そうとした。普通に考えれば、東京で生まれ育ったまだ小学生の均が、その地で代々牧童をする大人の引き締めなどできるはずがないと思われるが、当主は均を送り込んだ。

放牧場は、木の柵で囲まれた500メートル四方の区画が縦横に5つずつ並び、朝になると馬やヤギが放され、陽が落ちる頃になると厩舎に戻される。木の柵は大人の胸くらいの高さしかなく、馬にとっては難なく飛び越えられるものだったが、なぜか馬がそれを越えて逃げることはない。馬は1頭でいることはほとんどなく、2頭ないしは3頭が常に行動を共にする。昼間、水を飲みに行く時ですら連れ立っていき、夜はくっついて寝る。広い牧場で伸び伸びと生きる馬たちは、均が暮らす東京の農家にいる家畜には見られない、自由な目をしていた。

均にとっては、そこで見るもの、すること、すべてが新鮮だった。南部家当主の名代としてそこで働く必要はまったくなかったが、放牧地の見回りから馬体のブラッシング、蹄の手入れ、厩舎の掃除、放牧、集牧、夜の厩舎見回りまで、均は朝から晩まで牧童と一緒に過ごした。

一番驚いたのは、牧童たちの食事だった。それは彼らの住居同様、この地に伝わる独特のものだった。彼らは袋に入れたそば粉を常時腰に下げていて、食事の時間がくると同じく腰に下げている木のこぶをくりぬいて作ったカップにそば粉を入れ、お湯で溶いて食べる。野菜は周囲に生えている山菜をつまみ、タンパク質はヤギだった。繁殖力の強いヤギはすぐに増えるため、1日3食ヤギを食べる。ヤギを潰した当日は新鮮な肉を刺身で食べ、肝と肉はぶつ切りにして野菜と共に煮込むのが常だった。余った肉は、塩水につけてから干し肉にした。屠殺のたびに増えるヤギの毛皮は、働き手が山の冬を生き抜くための防寒具に変わっていった。

均にとって牧場での生活は、食べるものから言葉、生活環境まで東京とはまったく異なる、外国のようなものだったが、相手にしているのは自然と動物と、それと共に暮らしている人々だったので、3日もするとだいたいの動きが詰めるようになり、外見上は本職の牧童と変わらない動きができるようになっていた。

「あなたが伊藤さんですか。鷲見と申します」

「はい。伊藤均と申します。鷲見さんの言葉はわかりやすいですね」

「ハハハ、東京の学校に行っていたからです。ここの人間と話しだすと、突然判らない言葉に戻ります。今日は、新しくできた隣の牧場をご案内しようと思います」

鷲見は牧場の管理者であり、東京の大学をでたインテリであった。均は慣れた仕草で馬に跨がると、鷲見の乗る馬の後ろをついていった。

東北の地とはいえ、樹木の枝葉をかいくぐって差し込んでくる夏の日差しは強く、2人ともうっすらと汗をかくほどだった。林の木々が一瞬にして開けると、新しい牧場の入り口があった。

そこには、従来の天井の低い小屋とはまったく違う、ペンキが塗られたばかりの真新しい木造の大きな建物があった。1階は厩舎で、2階は牧童たちの居住スペースになっている。

「水道はないんですが、電気は近々通るようになります。そうなれば、ラジオも聞けるかもしれません」

そう言われて均は、ラジオによってもたらされている情報の多出に初めて気付いた。ここにはラジオがないため、ニュースもなければ音楽もない。それほど戦前の日本は、場所による格差が大きかった。東京には水道もあればガスも電気もあり、かなり整ったインフラの中で、今と大して変わらない生活をしていたが、それ以外の場所では水道がないため、毎日川へ水汲み(みずく)に行かなければならなかったし、ガスがないので、かまどか囲炉裏(いろり)で薪(まき)を燃やして煮炊きしていた。灯り(あか)といえばランプで、その生活は江戸時代と大して変わってはいなかった。

「見違えるような厩舎でしょう。ここは軍馬専用の牧場だからです。軍馬は厩舎の消毒から体温の計測、餌(えさ)の管理まで、陸軍の細かい規定があって手間はかかるんですが、普通の馬の2～4倍の値段がつきますし、どう考えても今後、軍馬の需要は伸び続けますからね……。この辺りの生活も大きく変わります」

「この馬たちは、戦地に送られるんですか」

均は、思わず当たり前のことを聞いてしまった。今こうして目の前でのびのびと草を食んでいる馬たちは、立派に育つと「生きた兵器」として戦地に送られる。それによって、暮らしが楽になる人たちがいることは理解したが、均の心の中に人間の戦いに馬をまきこむ罪悪感が残った。

南部家は牧場のほかにも広大な山林を保有していて、そこで採れる木材は貴重な収入源だった。山ごとに代々森番をする家が指定されていて、竹や笹の処理から枝打ち、間伐、下草刈り、自然倒木の撤去などの管理をしている。

しかし、そこでは盗伐が後を絶たなかった。何者かが南部家の財産である木を勝手に伐採し、売り払ってしまうのだ。大奥様の夫、信方が生きていた頃なら考えられないことだが、支配者の空白を感じ取った森番は盗伐に手を染めていった。

牧場で盗伐の噂を耳にした均は、南部家が所有する山林全域を見て回るため、鷲見に頼んで出掛けた。

「伊藤さん、ここから見える山は、すべて南部家のものです」

「想像よりだいぶ広いですね。木を斬るのは斧でしょう。音は響くし、すぐに切り倒せるものでもないなら、犯人はすぐに捕まえられるのではないですか。第一、ここに住んでいる人なら、よそ者が入ってくれば判るはずです。本当は誰がやっているか判っているんじゃないですか」

鷲見は苦笑しながら言った。

「そうかもしれません……。まあ、私もだいたいの見当はついているんですが、みんな見て見ぬふりをしているというか、その件になると口を閉ざしてしまうんです……」

「ところで、斬った木はどうやって運ぶのですか」

「盗伐があるのは、冬だけなんです。冬になると雪が積もるでしょう。その上を滑らせて、川に落として、流して運ぶんです」

「それでは川の近くの木しか盗伐できないわけですね……。余計に犯人が判りそうですが」

小学生に正論を蕩々と言われて、鷲見は窮した。山の数だけいる森番は、みな銃を持っている。鹿や猪、猿も撃つが、なんといっても熊を警戒している。山に入った鷲見も均も、銃を持っていた。均は自宅の下宿生に連れられて、東京で銃を撃った経験が何度かあった。最初は下宿生に教わったが、元々視力が非常によかったこともあり、すぐに下宿生より遥かに正確な射撃をするようになった。

「伊藤さんに渡した散弾銃は東京の南部家から特別に送られてきたもので、小学生でも持てるようにと銃身を切って短くしてあるそうです。散弾銃を撃ったことはありますか」

「ありません。ライフルなら東京の射撃場で何度か撃ちました」

「撃ってみましょうか。散弾銃はライフルより衝撃が強いですから、床尾（銃床の末端）を肩にしっかり押しつけて撃ってください。まず耳栓をしましょう」

そう言うと2人は馬を降り、鷲見は脱脂綿を均に渡した。

「何を撃ちますか」

「あの10間（約18メートル）先の切り株を撃ってみてください」

指示された切り株に照準を始めると、均の目つきは変わった。当然である。均は左目の焦点距離を18メートル先の切り株に合わせ、右目は銃の照準器（照門・照星）に合わせたからだ。左右の目の焦点距離が違っている人は、あまりいない。

「撃ちますよ」

「どうぞ」

その瞬間、均の散弾銃の銃口から、ダブル・オー・バック（鹿の狩猟用弾）が射出され、切り株の上端を粉砕した。

「えっ……」

切り株に命中させた精度に、鷲見は驚愕した。均に視線を移すと、既に使用した薬莢を放出し、次の弾を装塡し終え、再び照準している。

「えええ……。均さん、もう弾込めが、終わってるんですか」

「はい。あと2発撃ってみてもいいでしょうか」

「どうぞ」

その瞬間、均の散弾銃の銃口からマズルフラッシュ（発射火薬が銃口付近で燃焼するために発生する閃光（せんこう））がひらめいた。

均は初弾を撃つと、すぐに散弾銃を真ん中で折るようにして薬室を開放し、使用した薬莢を抜き取り次の弾を込め、薬室を閉鎖した。と同時に照準し直し、次弾を発射した。その間、2秒かかっていない。鷲見は散弾銃の連射にともなう、次弾装塡動作の無駄のない滑らかな動きに見とれていた。ふと我に返ってあわてて切り株の方をみて、さらに目を見開いた。切り株が完全に消滅していたからである。再び均を見ると、既に銃を肩にかけ、使用した薬莢3発を拾いあげている。鷲見が何を言っていいのか判らず黙っていると、均は拾った薬莢をポケットにいれ、あぶみに左足をかけて一瞬で馬上の人となり、静かに鷲見を見下ろした。鷲見はゴクリとつばを飲み込むと、均を見ながら軽くうなずき、慌てて自分も馬上の人になった。

そのまま2人は、馬に乗って南部家の山林を歩き回った。ヒグラシが鳴き始め、日差しが弱まりかけた午後6時、突然乾いた音と共に、均の頭の左側を何かがかすめ、付近の枝葉が落ちた。自分の髪の毛が焦げる臭いですぐに撃たれたことを知った均は、落馬したかのように地面に降りると、馬の鞍越しに付近を窺っている。

「伊藤さん、大丈夫ですか！」

均が撃たれて落馬したと思った鷲見が、大声で叫びながら地面に倒れた均に駆け寄ろうと馬の裏に回り込むと、均は銃身を馬の鞍に乗せて照準をしていた。鷲見が慌ててその方向を見ると、照準をはずしてこちらを窺っている森番が遠くにいた。

「脅しなんです。馬鹿な奴だ。伊藤さんだと知らないから撃ったんでしょう。撃ってから私が隣にいるのに気づいて慌てていますよ」

鷲見は撃ってきたのが盗伐をしている森番で、それは自分が管理する山（縄張り）に立ち入った者への脅しであることが判っていた。

「伊藤さん、大丈夫です。放っておいて帰りましょう」

と言い終えた瞬間、均が構えていた銃が火を噴いた。大きく目を見開いたまま、鷲見が均の銃の向いている方向に視線を移すと、断崖から木の枝を折りながら何か大きなものが落ちていった。再び視線を均に戻すと、均はすでに銃を背中に背負い、馬上にいた。

「日が暮れます。牧場に帰りましょう」

突然、銃で撃たれ、撃ってきた方向に銃を撃ち返したというのに、何事もなかったような表情の小学校5年生に促され、鷲見は牧場に向かった。

2人とも牧場に戻るまで一言も言葉を発しなかった。このとき崖から落ちていったのが何であったのかを見た者はいない。しかし、それ以降、その山の森番は別の家の者が引き継ぎ、積雪時に限って聞こえていた、丁々と幹を打つ斧の音はしなくなった。

## 3 国家総動員法――一九三八年（昭和十三年）

「おそれいりまーす。もう少々お待ちくださーい」

ある日、均が学校から帰る途中、停留所のバスから微かに煙が上がっているのが見えた。近づいてみると、運転手と車掌が車体の後方で一所懸命スコップを使って作業をしている。

「……もう少し入れないとだめなんじゃないか」

「そうですね」

運転手の指示で車掌が黒い何かをスコップで車体にくっついている筒の中に入れ、鉄の棒でかき混ぜていた。2人とも筒の中をいぶかし気に何度も確認している。

「そろそろ行けそうですね」

「そうだな」

ブルルルルルル……。運転手が運転席に着くと、鈍いエンジン音が響いた。

「お待たせしました。発車しまーす」

車掌の声と共にドアが閉まり、バスはゆっくりと進んでいった。この日、均が見たのは木炭バスだった。盧溝橋事件の翌年の4月1日に国家総動員法が発令され、あらゆる物資が軍隊優先になっていたが、その最たるものはガソリンだった。石油のほとんどを輸入に頼る日本は、戦地にガソリンを送れば国内では当然足りなくなる。その打開策のひとつが炭を燃料にして走る木炭車だった。

「野中君、新型バスには乗った」

「えっ、もうこの辺にも走ってるの」

「ああ。さっきバス通りで見たよ」

いつものように野中の家に遊びにきた均は、東京に導入されたばかりの新しいバスの話を始めた。

「ガソリンじゃなくても、車って走るんだね」

「さっき見たときは木炭をくべていたけど、薪でもいけるんだって」

「えっ、そうなの？　それじゃあ風呂釜（ふろがま）じゃないか」

2人は声を合わせて笑った。

「でもさあ、薪を燃やしたら煙がすごいんじゃない？」

「うん、そうだと思う。さっきは木炭だったけど、それでも少し煙がでていたから」

均はバスから立ち上っていた、冬のストーブのような匂いを思い出していた。

「釜ってバスの後ろについているんでしょう？　乗るときはなるべく前の席にしないと、煙たくて仕方がないね」

「そうだろうね。釜は熱いから、暑い季節なんて特に前の席がいいだろうね」

まだ木炭バスに乗ったことがない2人は、想像を膨らませた。

「ところで野中君、知ってる。木炭車のエンジンは日本人が発明したんだよ」

「そうなの。すごいね。木炭バスって、ガソリンと同じくらい速く走れるの？」

「うーん、どうかな。ガソリンの方が燃焼効率はいいんじゃないかなあ」

「ふうん。日本も油（石油）があればなあ」

「そうだね」

いくら画期的な日本人の発明だと言われても、木炭車はガソリン車を凌駕（りょうが）するものではないことを2人は十分感じていた。この頃から終わりの見えない物資不足の中で、日本人の特性である創意工夫が、生活のあらゆるものに向けて代用品という形で発揮されていった。そのひとつはスフ（ステープルファイバー）だ。昭和12年末に綿花の輸入が制限されてから巷に出回るようになったスフは、木の繊維や紡績で出た屑糸から織られた合織生地で、天然の綿や絹、羊毛の感触には程遠く、粗悪品として敬遠されることが多かった。

「あら、スフの浴衣が出てきたわ」

ある初夏の夕方、縁側で百貨店の広告をみていた母がつぶやいた。

「スフの浴衣なんて嫌」

少し離れた場所で、庭の朝顔のつぼみを数えながらねるりが言った。

「今年はねるりの浴衣を新調しようと思っていたんだけど、スフは嫌かい。なかなかハイカラな柄もあるよ」

母は広告を広げて見せたが、ねるりはちらりとも見ずに答えた。

「夏は汗をかくんだから綿がいい」

「およしよ。贅沢言っちゃいけないよ」

まわりの友人たちと同様に、お洒落が好きな普通の女の子になったねるりは、どうしてもスフが好きになれなかった。

「ごわごわしたスフなんてどこがいいの。なんだかいろいろなものがどんどん減って、不便になっていくみたい」

「ねるり、それは仕方がないんだよ。日本は戦争をしているんだからね、我慢をおし」

「その広告の百貨店も、最近営業時間が短くなったって聞きました」

「こないだ銀座に出かけたときは、いつもと変わらずモダンな人もいたけどねえ」

母は改めて広告に描かれた美しい女性たちに見入った。

「スフみたいに、これからなんでもかんでも代用品になっていくんだろうね」

ガラガラと玄関の引き戸が開く音がした。お使いから戻った女中だ。

「ただいま戻りました」

「おかえり」

「奥様、さっきそこで三州屋(さんしゅうや)（酒屋）の源(げん)さんに会ったんですけどね……」

「どうしたんだい」

「旦那(だんな)様がお好きな葡萄酒(ぶどうしゅ)も、これから手に入りにくくなるかもしれないって言うんですよ」

綿だけじゃないのかと、母とねるりは苦笑いをしながら顔を見合わせた。

「こちらとは長い付き合いだから、困らせることはないって言うんですけどね。私、なんだか心配になってしまって」

「そうかい」

「それならお父様に葡萄酒を我慢して頂けばいいじゃありませんか」

「ねるり、そんなこと言うもんじゃないよ」

またガラガラと玄関から音がした。続いて帰宅したのは均だった。

「お兄様、お帰りなさいませ」

「お母様、ただいま戻りました」

均がいつものように母親にお辞儀をしながら上着を脱ぐと、ポケットに駄菓子が入ったままになっていたのに気づいた。母にみつかったら大変だと思い、何気ないそぶりをする。このときポケットに入っていた大きな飴玉(あめだま)は、近所にあった精肉問屋の直(なお)ちゃんからもらったものだった。


直ちゃんは店にあるラードをこっそり持ち出し、どこかで売って得た小遣いで仲間に気前よく駄菓子を買ってくれる、姐(あね)さん気質(かたぎ)の女の子だった。この日もばったり会った直ちゃんは近所の駄菓子屋に入り、みんなにいろいろ買ってくれたのだった。ほかの子供と違って均は甘いお菓子がさほど好きではなかったが、妹と弟に食べさせるために持っていた。母は「不潔だ」という理由で子供たちに駄菓子の類(たぐい)を一切禁じていたため、3人は母の目が届かないところで均が友人たちからもらってくる土産を楽しんでいた。しかしこの頃になると均が持ち帰るのは、統制下にある砂糖や小麦粉を使わない素朴な干し芋や干し柿ばかりになっていた。

母が台所に立ったのを確認し、ねるりは均に不安を打ち明けた。

「お兄様。お父様がお好きな葡萄酒も手に入らなくなるかもしれないっていうお話をしていました」

「葡萄酒は贅沢品だからな……」

「いい物は、みんな支那の兵隊さんに行ってしまうんでしょう」

「そういうことではないよ。みんなで少しずつ我慢して、この非常時を乗り切ろうということだよ。ガソリンがなくて、木炭バスが走るくらいだからね。ねるりはもう乗ったかい」

「いいえ。まだです。煙がすごいんでしょう」

「そりゃそうだよ。後ろで燃やしているんだから」

「早く戦争が終わって、またもとに戻るといいのに」

「支那は広いからな。いくさは、そう簡単には終わらないだろう」

ねるりの心配が的中するように、この頃から人々の生活は目に見えて変わっていった。連日新聞を賑(にぎ)わせている支那大陸の戦果は、日本から運びこまれる大量の物資が支えていた。「兵隊さんのために」という言葉のもと、武器弾薬だけでなく兵隊の衣食住を支える膨大な物資が日本中から集められ、広い支那大陸に吸い込まれていった。それまで人々が当たり前のように目にしていた品物が、家庭から消えていき、人々の生活に足りなくなった物資をなんとかするための工夫が、木炭車やスフといった代用品の出現だった。銀座の百貨店では、秋を彩る流行の装いの展示に代わって、物資の不足を補う「代用品実用展」が開催され、国民精神総動員強調週間を皮切りに挙国一致、尽忠報国、堅忍持久が叫ばれ、生活統制が進んでいった。

翌昭和14年の春、均は早稲田中学校へ進むことになっていた。制服は金のボタンが光る、黒の詰襟だ。それは新入生にとって、子供時代との決別を象徴する憧れの存在だった。入学式が近づくにつれ、ハンガーに掛けられた真新しい制服を眺め、新しい学び舎に心を躍らせる。そんな新入生らしい瞬間を迎えるひと時が、この時代には難しかった。

「均、お前さんの制服のことなんだけど……」

ある日、夕食の食卓でハルが口を開いた。

「新しい制服は難しいようなんだよ」

物資の不足は、学生の制服にも及んでいた。

「せっかく中学校にあがるというのに」

五郎が箸を止め、落胆の表情を見せた。

「制服を着なくとも勉強はできますから、私は平気です」

均は淡々と食事を進める。

「そうはいってもなあ。ほかの新入生たちは、どうしているんだ」

「ほかのお宅もあちこち回ってるんですけどね、そもそも学生服の布地が手に入らないんですって」

「そうなのか。それは困ったものだな」

「それでね、いま卒業生のお古を探しているんです」

「たしかこの辺りには、早稲田中学の生徒が何人かいたな」

塾を経営している五郎は、近所の学生はどこに通っているのか、誰よりも詳しかった。

「バス停近くの中川さんの息子さん。たしか成一君だったと思うが……。彼は今年卒業じゃなかったかな」

「あらそうですか。それなら明日お願いにあがってきます」

「それにしても、これから日本を背負って立つ若者の制服が無いとはなあ」

制服なんか無くてもいいというのは均の本心だったが、息子の晴れ姿を手配できない両親の落胆は静かに伝わっていた。

それから暫くたったある日、ハルが均の部屋の襖を開けた。

「均、制服が手に入ったよ」

母が手にしていたのは、まさに早稲田中学校の制服だった。

「それ、どうしたんですか」

「お父様が仰っていた、中川さんのお宅から譲っていただいたんだよ」

「ああ、成一さんの」

「そう。ちょっと着てみなさいな」

均は母にうながされ、制服を羽織る。両肩に、いままで着た事がない生地の感触と重さを感じた。

「やっぱりちょっと大きいねえ。これは直さないとだめだろうね」

当時の中学校は5年制だ。卒業生のお古であれば、今でいう高校2年生が着ていた制服を小学6年生が着ることになる。

母が女中のつるを呼んだ。裁縫箱を持ってきたつるは、部屋の入り口で言った。

「あら均さん、詰襟になるとずいぶん大人っぽくみえますねえ」

「そうでしょうか」

つると母にまじまじと見つめられた均は腕を上げ、垂れ下がった袖(そで)を見つめた。

「やっぱり制服ってのはいいもんだねえ。つる、これ直せるかい」

「ええ。大きい分には詰めればいいんですから」

さっそく、つるはてきぱきと袖に待ち針を打ち始めた。

「均さんの晴れ姿にふさわしいように、きれいに直しますからね」

「ありがとう」

「入学式に間に合わしとくれよ」

「ええ、いまから取り掛かれば間に合います」

それから数日間、部屋の奥で夜遅くまで足踏みミシンの音が響いた。入学式の当日、均の部屋には仕立て直され、綺麗にアイロンがかけられた制服が用意されていた。お古ではあるものの、寸法は均にぴったりだった。

「おお、間に合ってよかったな」

「お母様とつるが夜なべしてくれました」

「そうか」

晴れ姿で玄関に立つ均に、五郎は誇らしさを含んだ視線を注いだ。

「新しい学校で、しっかり学んできなさい」

奥から母とつるも見送りにやってきた。

「はい。では行ってまいります」

3人には、新しい学び舎に向かう均の後ろ姿は、急に少しだけ大きくなったように見えた。


「お母様。これからは銀座が真っ暗になるって本当ですか」

梅雨の湿った空気に包まれた午後、学校から戻ったねるりが尋ねた。

「おや、おかえり。銀座がどうしたんだい」

「学校で聞いたんだけど、もうネオンは点けちゃいけないの」

ねるりが言っているのは、昭和14年6月に政府が出した「生活刷新案」のことだった。

「ああ、そのことかい」

「銀座のネオン、綺麗だったのに」

「ネオンだけじゃないよ。パーマネントも禁止だよ」

ハルはさっきまで読んでいた新聞の方をみた。この「生活刷新案」とは、国民精神総動員委員会が主導する政策のひとつだ。「すべてを戦争へ」というスローガンのもと、人々の生活から贅沢や豊かさを排除していった。

先に帰宅していた均が、居間にやってきた。

「あ、お兄様。あのね、ネオンとパーマネントが……」

「ん。どうした」

「均。ほら、例の生活刷新案」

ハルはテーブルに広げていた新聞を取って均に見せた。

「たしかにいろいろ禁止になりましたね」

「学生さんは、長髪禁止なんだろう」

「お兄様は髪が短いから平気よね」

「私のクラスには、坊主頭以外はいませんよ」

母はため息をついて言った。

「今年はお中元もお歳暮も禁止だね」

「お母様、もし守らなかったらどうなるの」

「知るもんかい。でもお国が一丸となって戦ってるんだから、守らなくちゃいけないよ」

それからほどなくして、7月には国民徴用令が公布され、戦争のために政府は国民を労働力として確保できるようになり、軍需工場に労働者だけでなく学生も動員されていった。9月1日には初の「興亜奉公日」が実施され、その後、毎月1日は戦地の兵隊に思いを馳せ、神社参拝や勤労奉仕を行い、質素な食事をとることが推奨され、禁酒禁煙、家庭の食事は一汁一菜、飲食店は休業、弁当は日の丸弁当のみとされた。

育ち盛りの均たちにとって、おかずが梅干ししかない日の丸弁当は少し物足りなかったが、もっと貧しい家庭の児童の弁当は、大根などの野菜で嵩(かさ)を増した飯が詰まっているだけで、彼らにとっては真っ白く輝く白米と真っ赤な梅干しの日の丸弁当ですら、豪華な昼食に映っていた。そしてさらに12月になると、その白米さえ禁止となり、国民は茶色い皮が残る七分搗(づ)きの玄米しか食べてはいけないことになった。

## 4 ヒグマ——一九四〇年（昭和十五年）

大きな風呂敷(ふろしき)包みを抱えて行き交う人々の間を縫うように、帯広(おびひろ)駅前の広場には北の大地の冷たい風が吹いていた。色づいていた木々の葉が落ちたというのに、大地は甜菜(てんさい)の葉で緑一色だった。帯広駅を中心に十勝(とかち)平野に張り巡らされた鉄道は、甜菜から砂糖を作る工場へと延びている。血管に新鮮な血液が流れることで身体が動くように、大地を切り開いて延びていく鉄路は、人々が豊かに暮らせる世界を少しでも押し広げようとする欲求を示していた。

均がこの地を訪れたのは、何度目になるだろう。帯広にも七戸南部家の係累(けいるい)が運営する牧場があり、均は小さい頃から何度もきていた。七戸の牧場は軍馬を飼育していたが、ここ帯広は乳牛が主体だった。七戸でたてがみをなびかせて軽快に走る馬も好きだったが、草原でゆったりと草を食(は)み、遮るもののない十勝の空に向かってのんびりと鳴く乳牛も均は好きだった。

数ヶ月前のある午後、野方の家に訪問客があった。

「ごめんください」

「はい、どちら様でしょうか」

「奥様のハルさんはご在宅でしょうか。私は久保田(くぼた)と申します」

女中の前にいたのは、青々と刈り上げたばかりの頭が印象的な、軍服姿の男性だった。

「あら、久保田さん」

聞いたことがある声に惹(ひ)かれて奥から出てきたハルは、久しぶりの再会に驚いた。

「ご無沙汰(ぶさた)しています。お元気ですか」

「ええ。あなたは」

「実は近々日本を離れることになったので、ご挨拶にうかがったんです」

「あら、そうかい。こんなところにいないで、上がっとくれ」

久保田はハルの弟である隆正(たかまさ)の古い友人で、ハルとも親交があった。支那大陸への異動が決まり、久しぶりにハルの顔を見にきたのだった。

「隆正のところへはもう行ったのかい」

「ええ、昨日。軍人会館に行ったら、えらく背の高いコックの帽子を被っていましたよ。隆正君、帽子の高さは出世の証と言っていましたが本当ですか」

「おや、出世したとは知らなかったよ。実は隆正の料理は食べたことがなくてね。軍人さん向けに凝った料理を作っていることくらいしか知らないんだよ」

「俺は部下が何人もいる、大きな声じゃ言えないが厨房も戦場みたいなもんだって笑ってましたよ」

「そうかい。隆正も相変わらずだねえ。ところで久保田さんは、支那のどちらにいくことに」

「奉天です。奥地と比べれば、かなりハイカラな場所と聞いてます」

「奉天も今じゃ日本人がたくさんいるんだろうねえ。いつご出発」

「1週間後の予定です」

互いに近況報告を交わし、昔話に花が咲き出した頃、均が挨拶にやってきた。

「こんにちは、均です」

「やあ、こんにちは。大きくなったねえ」

「こちらは、隆正のお友達の久保田さん。覚えてるかい」

「はい。以前、ヒグマ撃ちの話をうかがいました」

「よく覚えているね。でも僕は支那に行くことになったから、今年はヒグマ撃ちに行けないんだよ。そうだ均君。僕の代わりに十勝に行くかい」

「久保田さんったら、よしとくれよ。均はまだ中学校2年生だよ。そんなとこへは行かないよ」

ハルはすかさず止めて、新しいお茶を淹れに席を立った。東北出身で猟が上手かった久保田は、毎年冬になると十勝でヒグマを撃っていた。ヒグマ猟は金になることを知っている猟師は、猟の季節になると一攫千金を狙って山を目指すのだった。

「均君はヒグマをみたことがあるかな」

「はい」

「ほう、どこで」

均がヒグマと初めて対峙したのは、まだ3歳の頃、十勝でだった。南部家の使いとして父の五郎が十勝の牧場を訪れる際は、必ず均も一緒だった。牧場で働いていたアイヌの老人が背中のかごにまだ小さい均を入れ、よくグミを採りに連れていってくれた。真っ赤に実ったグミをもぎ取って口に入れると、甘みが口いっぱいに広がる。小さな手と口を真っ赤にして秋の収穫を頬張る均を、老人はいつも微笑ましく見つめていた。

ところがある時、いつものように均がグミをもいでいると、妙なザワつきを感じた。生まれて初めて感じる、殺意。自分を捕食しようとしている生物が発する負のオーラだった。そっと周囲を探ると、太いグミの木の幹の向こう側で大きなヒグマがこちらをみていた。木の根元にしゃがんで煙草を吸っていた老人は、それに気付くと静かにキセルを地面に置き、立てかけてあった散弾銃をとった。均はヒグマから目を離さずに老人に近づき、銃を構える背中にしがみついた。老人も均も、ヒグマも一切声を発さず、時折ヒグマの鼻息だけが響いていた。お互い見つめ合ったままじりじりと動き、1時間以上が過ぎた。そしてついにヒグマが立ちあがった瞬間、老人は散弾銃の引き金を絞った。轟音とともに鉛の塊がヒグマの喉元から間脳部を貫通し、そのままヒグマは仰向けに倒れ息絶えた。それは常々老人が均に語っていた「ヒグマは攻撃のときに立ち上がる」という言葉どおりだった。老人は背中にしがみついている均の目を見て静かに頷くと、刃物を取り出し手慣れた手つきでヒグマの身体に差し込んだ。そして「坊」と言いながら、湯気がたつ赤黒い胆嚢を取り出し、誇らしげに均にみせてくれたのだった。

均は話を続けた。

「実はその後、雌グマもきたんです」

老人がヒグマを撃ったあくる日、牧場にまたヒグマがやってきた。その気配を感じた牛と馬はいっせいに走り去ったが、なぜか若い1頭の馬だけが逃げずに残った。にらみ合うヒグマと馬を、均はおんぶされた老人の肩越しに見つめていた。両者は昨日と同じように距離を取りながらじりじりとにらみ合っていたが、静かな戦いに終止符を打ったのは馬だった。立ち上がったヒグマに正面から体当たりした馬は、瞬時に方向を変えて後ろ足でヒグマの胸や顔めがけて何度も蹴った。馬が渾身の力を込めて蹴る力は相当なもので、攻撃しようと伸ばしたヒグマの両手は空中を泳ぎ、耐えかねたヒグマはよろよろと退散していった。

「撃たなかったのに、なぜ雌グマとわかったんだい」

「あれは前日に撃ったヒグマを探してやってきた雌グマだと、アイヌのおじいさんが言ってました」

「そうか。ヒグマは繁殖期にはつがいで行動するからね」

「久保田さん、私もヒグマを撃ちに行こうと思います」

「五郎さんがお許しになるのなら、僕が話をつけておいてあげるよ」

ハル同様、五郎も中学校2年生の均がヒグマ撃ちに行くことを許さなかった。しかし均は南部家の大奥様に五郎の説得を依頼し、資金の提供まで受けてたった1人で帯広にやってきた。

帯広の牧場に寄った後、2時間ほどバスに乗って大雪山のふもとにある然別温泉を目指した。大通りに商店がいくつも並ぶ賑やかな帯広の街を後にすると、車窓の景色から文明の気配はどんどん薄れ、大自然の姿が露わになっていった。ふたたび通りに人の匂いを感じ始めた頃、久保田に聞いていた停留所でバスを降り、宿を目指した。

この古い旅館には、ヒグマ撃ちにやってきた猟師たちが何人も滞在している。マタギの風格を感じさせる彼らは、おしなべて口数が少ない。しかし広間で慣れた様子で寛ぐ姿から察すると、ここは猟の時の定宿なのだろう。猟の季節が始まったばかりだからか、全員、目の奥に今年の獲物への期待が漂っていた。

均が女中に案内されたのは、六畳一間の部屋だった。そこには久保田が手配した荷物が届いていた。銃は七戸でも使った銃身を短く切ったレミントン散弾銃。弾は大口径の1発鉛弾（スラッグ弾）。それを2丁持っていく。ヒグマは賢い動物で、追われているのに気づくと猟師を巻こうとすることもあれば、引きつけて襲いかかってくることもある。均は出発前、再度自宅を訪れた久保田からいろいろなことを教わっていた。

「ヒグマはね、銃の先が顔にくっついてから撃たなくてはいけないんだ」

「そんなに近づいたら、危ないんじゃないですか」

「もし外したら、突進されて助からないからね。ヒグマが相手のときは、どんなに恐ろしくても絶対に外すことのない距離になるまで撃ってはいけない」

それを聞いた均の脳裏に、グミのように赤い脳漿が散ったヒグマとアイヌの老人の距離が浮かんでいた。たしかにあの時も、ヒグマの生臭い息を感じるほど近い距離で撃っていた。

外で母とねるりの声がした。庭にこしらえた菜園で野菜を収穫している様子が、窓の向こうにちらりと見えた。配給制に備えて、最近ではこの辺りも家庭菜園を始める家が増えていた。

「均君、猟師がよく言うんだけどね、母ちゃん倒れはこう、撃たれたときに仰向けになってる熊。父ちゃん倒れはその逆でこう」

久保田は床の上で仰向けになったり、うつぶせになったりして説明した。

「撃ったヒグマが父ちゃん倒れだったら、絶対に近づいてはいけない。もう1発撃つんだ。生きている可能性があるからね」

宿で一夜を過ごした均は、翌朝山に向かった。女中によれば、上のほうは雪が積もっているらしい。スパイクがついた登山靴の上に、宿から借りた大人用のわら靴を履いた。まだ13歳の均に大人用のわら靴は膝（ひざ）までくる長さだった。宿を出て、道のない尾根を黙々と登っていくと、少しずつ雪が増えてきた。あたり一面が雪景色になった頃、尾根の遥（はる）か先に黒い熊がゆっくりと動いているのがみえた。ヒグマをみつけても、追いかけるのは無駄だ。仕留めるには先回りをしなくてはならない。ヒグマは賢い動物だ。ベテランの猟師であってもヒグマが向かう方向を読み間違えたり、危険を察知したヒグマにルートを変えられたりすることは珍しくなかった。

均は200メートル以上の距離を保ちながら、獲物を静かに追った。点のようなヒグマを注視していると、ヒグマの考えていることが判るような気がしてきた。後方を何度も確認していると、追われていることに気付いている。ということはそのヒグマが待ち伏せをかけてくる可能性がある。さらにその1頭に気を取られているうちに、他のヒグマに自分が捕食されてしまうおそれがあるため、空腹を感じても、旅館で出発時に渡された握り飯を食べる気にはなれなかった。物を噛んでいる最中は、その咀嚼音で、ほとんど音が聞こえなくなるからだ。それは人間が獲物になることを意味していた。

前方200メートル辺りの木が時折激しく動くのを捉えながら、ヒグマの位置を認識していた均は突然ひらめいた。

「今だ。左に大きく迂回して先回りをしよう」

それまで頭の中で地形、風向いろいろなものから先回りするタイミングを計っていたが、それを押しのけるように突然「今だ。左から迂回」という確信が浮かんだ。注意深く小走りでヒグマの進行方向に回り込み始めた。

「ここに、この方向から、やってくる」

理由のわからない確信を摑んだ均は、大きく静かに深呼吸をし、その場にしゃがみ込んだ。

初弾を外せば、逃げることも、次の銃で撃つこともできずどっちみち殺される。使う暇はないだろうが、念のため予備の銃を右に置いた。バリバリ、バリバリバリ。笹をなぎ倒す音だけが聞こえてくる。大地からの振動が徐々に大きくなり、ヒグマがこちらに近づいてきていることは間違いない。呼吸を浅くして前方を見つめていると、70メートルほど前方に50センチはあるヒグマの顔が見えた。ヒグマは吹き上げの風を受けながら、緩やかな尾根を登ってくる。風下にいる自分の匂いを感じるはずはなかった。

前方30メートルに、300キロはある巨体が見えてきた。均には、自分の心臓の鼓動しか聞こえない。ヒグマまで10メートル。視界の70パーセントはヒグマの顔だった。

——まだ10メートルもある——。

銃口はヒグマの鼻先に向いている。5メートル。

——ヒグマの鼻が銃口に当たった瞬間に引き金を引く——。そう決めた均は待った。

2メートル。ゴクリとつばを飲み込み、その瞬間に引き金を引いた。ヒグマがゆっくりと仰向けに倒れていくように見えた。交通事故を起こした時のように、発砲の瞬間だけスローモーションで景色が流れていた。

「か、母ちゃん倒れだ……」

均は銃に新しい弾を装填し終わると、ヒグマの傍らで握り飯を一つ食べた。獲物を運ぶには、人手がいる。久保田が言っていたように、一旦宿に戻って人を雇わなくてはならない。陽が落ちるまでに急ごうと思っていた矢先、バリバリ、バリバリバリバリという笹を踏みつける音がし始めた。

銃を構えて音のする方向を見ると、50メートル前方にヒグマの顔がみえた。2頭いる。後方を気にしながら斜面を登ってくるヒグマの鼻を狙って1発撃ち、予備の銃に持ち替えてもう1頭のヒグマを撃った。銃声が止んだ雪原には、3頭のヒグマが横たわっていた。

荒い息をしながら、2つの銃に新しい弾を装塡していると、再びバリバリバリという音がした。しかし、明らかに先ほどとは音の重さが違う。

「おーい」

尾根の下から声がした。視線を移すと、2人の猟師がいる。均のほうにゆっくりと近づくと、獲物に気づいた。

「おい、見てみろ。すげえぞ」

「こんな子供が3頭も殺(や)ったのか?」

2人の猟師は獲物と均を交互にみながら訝(いぶか)しがった。均は黙って、2人を注意深く見つめていた。その手は、ヒグマの頭部を粉砕したスラッグ弾が装塡されている銃を放してはいない。子供ではあるが、尋常ではない視線の均に圧倒された猟師は言葉を飲んだ。

重苦しい空気を破るように、猟師はおどおどと話し始めた。

「実は我々は、３日ほどこのヒグマを追っていたんです。なあ……」

「ああ。先回りしようとしたら、お前さんが撃っちまって、驚いたよ」

年季の入った猟師が、中学生に敬語を使っている。２人の会話に含みがあるような気がした均は、淡々と答えた。

「先回り？　でも熊と同じ方向から、あなたたちは来ました」

「先回りしようとした時に、銃声がしたんです……。ところでお前さんはこの獲物をどうするんだい」

「宿に戻ってから人夫を寄越すつもりです」

「そうか。なんなら俺たちが解体と運ぶのを手伝ってやってもいいよ」

「そうだよ。３頭もあるんじゃあ、解体するのが大変だ。早く血抜きをしないとな」

不自然な笑みを見せる２人に、均は丁重に答えた。

「いえ、もう人夫は手配してありますから結構です。血抜きなんて、たいした話じゃありませんしね、お気遣いは要りません。山の中で人間とゆっくりおしゃべりする気はないんです。お互い物騒なものを持ってますし、ヒグマはうろうろしてますし」

「そうだけどこの時間じゃ、いまから山を下りるのは無理だよ。今晩は我々と一緒に過ごさないか」

　均は丁寧に断った。

「お気遣いありがとうございます。でも山でのルールは絶対に変えません。山には慣れていますし、弾も十分にありますから……」

　と言いながら、さりげなく2丁の銃を見せた。

「そうか……。我々も今夜はこの辺で火を起こして幕営するから、何かあったら遠慮なく声を掛けてくれよ」

「はい」

　猟師がいなくなると、均はナイフを器用に動かしてまだ温かい胆嚢を切り取り、バターの入っていた缶にいれた。その夜は3つの獲物と猟師たちが起こしている焚火(たきび)の灯りが見渡せる、冷たい木の上で過ごした。彼らが獲物を横取りしようとしている可能性があるからだ。久保田によれば、山中では獲物をめぐって猟師同士が殺し合うことも珍しくない。仕留めるのが難しく、高値で取引されるヒグマは、誰かを殺してでも手に入れたい獲物だった。目撃者が少ない広い山中では、人間の1人や2人姿を消しても誰も気づかず、死体はヒグマが処理してくれた。

翌日、宿に戻った均は広間にいた猟師たちに声を掛け、人夫を手配して一緒に獲物を取りに戻った。当時ヒグマは毛皮、肉、内臓が取引されていた。獲物を前にした人夫たちは、慣れた手つきで黙々とヒグマの解体を始めた。仰向けにしたヒグマの腹からナイフを入れ、胴体から皮をはいでいく。

「あっ、熊の胆が取られてる」

この当時、熊の胆嚢は薬の原料として珍重され、金と同じ値段で取引されるとまで言われた、最も高値が付く部分だった。

「私がとりました」

均がバター缶を開けて見せると、人夫たちは羨望のまなざしを向けた。彼らにとってそれは札束に見えたのかもしれない。

解体されたヒグマは毛皮や肉の塊となって運ばれ、街で売られる。そこから手伝った人夫へ賃金が支払われ、残りが獲物をしとめた者のところに入るのが常だった。均には3頭のヒグマが最終的にいくらになったということより、ヒグマを追い越して回り込むポイントや待ち伏せのタイミングが自然にひらめく驚きと、ヒグマまでの距離が2メートルを切るまで待てたことへの自信の方が大きかった。

宿に戻って風呂から上がると、広間の猟師たちは東京から来た中学生がヒグマを3頭も撃った話で持ち切りだった。

「ヒグマを撃ったのはあんたか」

「はい」

「初めての猟で3頭とは、すげえなあ」

「恐くなかったか」

「ええ、思ったより恐くありませんでした」

「大したもんだなあ」

猟師たちは感心した面持ちで均をみる。

「今日はお前さんが撃った熊の肉で、熊鍋だってな」

「俺たちもお相伴にあずかれるとは、ありがてえもんだ」

「兄ちゃん、熊鍋は初めてか」

「はい」

囲炉裏に吊るされた大きな鉄鍋には、黒い肉がネギや大根と共にぐつぐつと煮込まれていた。あたりには味噌の香りが漂っている。

「熊はうめえし、なんといっても力がつくからな。お前さんが倒したヒグマだ。たくさん食べていけよ」
初めて食べる熊の肉は少し硬く臭みがあったが、肉の端についている柔らかい脂身にはなんともいえない甘みがあった。酒を飲み始めた猟師たちは、陽気に歌いだした。民謡というのはどの曲もどこか懐かしい。均は、熊の脂を流すために苦手な酒をゴクリと飲み干した。

父が、このヒグマの話をするたびに、私はなぜ、そんなことをしたのかと聞いた。毎回聞くのだからその答えも知っていたが、聞かずにはいられなかった。それは、中学生が一人で、経験もないのに、戦時色一色のあの時代に、東京から大雪山まで行ってヒグマを撃つことなど想像がつかないからだ。父の口から出る言葉は毎回同じで、それは「自分を鍛え直そうとした」と「腕試し」だった。

しかし、この2つを同時に実行することはできない。当然である。まず鍛え直そうと思いたち、次に自分で自分に試練を与え、成長できたという実感を得てから、実力を確認するために腕試しをするからである。

しかし、父はこの2つを同時にするために大雪山に行き、それをし終えて東京に戻り、それ以降は行っていない。なぜかと聞けば「鍛え終わったし、腕試しも必要がなくなったからだ」と言う。

自分が高校生になって運動を真剣に始めると、父が何を鍛え直そうとしたのかが気になった。肉体的に強くなろうとしたのか、技術を磨き直そうとしたのか、勘を養おうとしたのか……。

父から返ってきた答えは、やはり私の想像を超えていた。

「ヒグマの恐ろしさは、子供の頃に十勝の牧場にいたのでこの目で見て知っている。その自分が、ヒグマが銃口に触れてから引き金を引くと決めたら、実際に何メートルまで耐えられるのかが知りたかった」と言うのだ。そんなことを考える中学生がいたことに驚愕したが、メンタルを鍛え、試そうとしたことは理解した。しかし、続けて父が言った言葉の価値は、私が特殊部隊員になるまで理解できなかった。

「結局、3頭とも、だいたいタタミ1畳の距離で撃っていたので、ちょうどいいと思った」

「何がちょうどいいの」

「これ以上臆病で遠くで撃つようでもダメだし、それ以上寄せられるほど度胸があってもダメだからだ」

「遠くで撃つのがダメなのは判るけど、近くまで寄せることがなぜいけないの」

「人間は臆病じゃなきゃダメなんだ。そうじゃなきゃ、慎重にも緻密にもなれんからな。臆病じゃなきゃ大事は為せん」

私は、自身が特殊部隊員になってから、臆病という感性が、どれほど大切なものなのかを何度も体感した。

# 3章　大東亜共栄圏

# 1 真珠湾攻撃――一九四一年（昭和十六年）

冷たい北風が窓ガラスを揺らす音で、均は目を覚ました。外はまだ薄暗い。壁に掛けられた時計をみると、6時半を回ったところだ。いつものように台所から、朝食の支度をする音が聞こえていた。均の家で一番早く起きるのは、女中だ。鍋釜を出す音、米を研ぐ音、野菜を切るリズミカルな包丁の音が止んでしばらくすると、味噌汁の優しい香りが漂ってくる。それに誘われるように、家族が居間に集まってくるのがだいたい7時だった。

この時代の子供に布団の中でまどろんでいるという習慣はない。均は、目が覚めるとすぐに枕元に真四角に畳んである服の一番上にある靴下をはいた。着替えるとすぐに布団を畳んだ。

「あら、均さん。おはようございます。今日は少しお早いですね」

軽快に漬物を切っていた女中が、台所の暖簾越しに声をかけた。

「おはようございます。今日はいい天気ですね」

「早く顔を洗って、火鉢の傍へどうぞ」

12月の朝は、家の中であってもすべてが冷気で覆われている。冷え切った蛇口になるべく触れないように指先だけで開けても、流れてくる水は容赦なく冷たい。夏は涼し気なタイルの洗面台は、水に濡（ぬ）れるとさらに冷たさを増す。

居間に戻ると、火鉢の中で炭が赤い光を放っていた。均は冷たい水で真っ赤になった手をかざし、一息ついた。

「おはようございます、旦那様（だんな）」

「ああ、おはよう。今日も一段と寒いじゃないか」

洗面を終えた家族は、居間に入るとみな一目散に火鉢に手をかざす。卓袱台（ちゃぶだい）の上には、整然と食器が並べられている。一足先に火鉢から立ち上がった五郎は、いつものように棚の上にあるラジオのスイッチを入れた。ザザ……という音と共に、声が聞こえてくる。武士道について何かを説明している番組だった。

「さあ、みんな。座っとくれ」

お櫃（ひつ）の蓋（ふた）を開けながら、ハルが言った。湯気の立つご飯を茶碗（ちゃわん）によそい、1人ずつ手渡していく。その横では、女中が手際よく味噌汁をよそっていた。全員の前にご飯と味噌汁が並び、静かに食事が始まった頃（ころ）、ラジオから不穏なメロディが流れてきた。

「臨時ニュースを申し上げます。臨時ニュースを申し上げます」

全員が箸（はし）を止めて、一斉にラジオを見上げた。

「大本営陸海軍部、12月8日午前6時発表。帝国陸海軍は、本8日未明、西太平洋においてアメリカ、イギリス軍と戦闘状態に入れり」

淡々とした乾いた男性の声で聞こえてきたのは、真珠湾攻撃を知らせる報だった。日本が米英を相手に戦争を始めたのだ。食い入るようにラジオを聞いていた五郎は、片手に茶碗を持ったまま絞り出すように言った。

「とうとう始めたか……」

柱の陰からラジオを聞いていた女中たちは、事態を完全には呑み込めていない様子で、不安そうにじっと五郎を見つめて次の言葉を待っていた。

「お父様、日本が戦争を始めたということですか」

ねるりが少し緊張した面持ちで聞いた。

「そうだ。今度は米英が相手だ」

女中たちは「やっぱり」という表情で、2人で見つめ合った。少しの沈黙があった後、均は五郎に言った。

「私はやるんじゃないかと思っていました」

「そうか……」

当時の日本人の大部分は、みな均と同じような気持ちだった。

「帝国は石油を止められたのでは、生きていけません」

　昭和6年の満州事変を契機に、支那大陸の権益をめぐり日米はぶつかり続けていた。昭和12年から始まった日中戦争は終わりを見せず、戦いを継続するには鉄や石油などの物資が必要だった。ABCD包囲網で徐々に力を削がれる中、昭和15年に豊富な資源を求めて日本は仏印に進駐したが、翌昭和16年、米国は米国内にある日本の資産凍結と、日本への石油を全面禁輸することで応えた。

　開戦直前の8月に米国から石油の全面禁輸の解除が通告されたが、その条件のひとつは支那大陸からの全面撤退だった。これまでに大陸で日本の権益を守るために死んでいった多くの将兵たちを想えば、日本が撤退を受け入れることは不可能だった。石油の8割を米国からの輸入に依存していた日本にとって、石油を止められることは産業の停止と同義であり、国家と国民の死に直結する。それは開戦止む無しの決定打となった。

「これからはアメリカもイギリスも敵ってことなのかい……。日本はどこまでやれるのかねえ」

「もちろん勝つまでやるだろう。そのために国民はずっと我慢しているからな。勝ってもらわないと困る」

　確かに国民は「兵隊さんのため」「お国のため」に、何年も生活の我慢を重ねていた。米英を相手にした新たな戦いへの不安を「ここまで我慢したのだから」という言い訳がかき消していた。

教室は、朝の臨時ニュースの話で持ち切りだった。ラジオでニュースを聞いた者、登校して級友から開戦を聞かされた者、それぞれが日本の行く末を語り合っていた。彼らの表情には、不安よりもこれまでの鬱憤(うっぷん)を晴らした清々(すがすが)しさが強かった。

「伊藤君、おはよう。今朝の臨時ニュース、聞いたかい」

「聞いたよ。今度は米英と戦争なんだってね」

「ラジオを聞いて、よくやったと思ったよ。胸がすうっとした」

「僕もやるんじゃないかと思っていた」

「みんなそうだろうな。ところでラジオでは西太平洋って言っていたけど、どの辺りで戦っているんだろう」

「洋上なのか基地なのか、まだわからないようだね」

引き戸が開いて担任が入ってきた。生徒たちは一斉に静まり、級長の号令が響いた。

「起立！　礼！　着席！」

「おはよう。既に知っている者も多いと思うが、今朝、大本営から米英との戦争が発表された。この後、校長先生から訓示があるので、全員校庭に集合するように」

　校長の訓辞は、いつも通り長かった。この頃の早稲田中学校では、防空演習や軍事教練など、校庭で過ごす時間が多くなっていた。この日も北風の中で全員が身じろぎもせず姿勢を正し、開戦の詔（みことのり）を聞いた。そこには、何のために日本が戦いを始めるのかが丁寧にしめしてあった。

　戦況については先生から聞く断片的な情報しかなく、生徒たちは落ち着かない気持ちのまま放課後を迎えた。街の様子を知りたい均は、書店に寄ることにした。高田馬場（たかだのばば）駅周辺には、たくさんの店が立ち並ぶ商店街がある。学生街でもあるこの場所は、安く満腹になれる飯屋が何軒もあり、その日も早稲田大学に通う角帽姿のバンカラ学生や買い物客で賑（にぎ）わっていた。ふとみると、通りの先に人だかりがあった。近づいてみると、みな無言で街頭ラジオに聞き入っている。

「支那派遣軍総司令官、今日0時半発表。アメリカ、イギリスとの開戦は帝国の自尊自立を全うせんとする努力と、最後的決断たるとともに、東亜をイギリス、アメリカ覇道の束縛より開放して、新秩序を建設せんとする東亜民族の誓いであり願いであり、また支那事変の必然的発展なり……」

　帝国の自尊自立と東亜の開放という言葉が、均の耳に強く残った。

「臨時ニュースはこれまででありますが、なお、今後、3時半の定時ニュースはもちろんのことですが、4時、5時、6時というように、時間の変わり目には重大なニュースが出るかもしれませんから、こうした時間には特に気をつけてお聞きを願います」

時計を見ると午後3時だった。ラジオを聞き終わった通行人は、口々に話し始めた。

「支那に加え、これで米英も敵になりましたね」

「私はいつやるのか、いつやるのかと思っていましたよ」

「いやあ、私もです。目指すのは東亜の新秩序ですか。痛快ですなあ」

「海軍さんは、ハワイを攻撃したらしいですよ」

「そうですか。では朝のラジオで聞いた西太平洋というのは、ハワイのことだったんですか」

話に興じる背広姿の中年男性2人だけでなく、ラジオに群がる人たちの顔には「よくぞやってくれた」という感情が表れていた。開戦の報を落胆で受け止める大人は、均の周囲にほとんど見られなかった。

学校から戻ると、卓袱台の上に夕刊と号外が置いてあった。そこにはさっきの男性が話していたのと同じ、「布哇(ハワイ)米艦隊航空兵力を痛爆」の文字があった。珍しくつけっぱなしのラジオからは、静かな合唱曲が流れていた。

「あら、均。おかえり」

「ただいま戻りました。ラジオは消さないんですか」

「いいんだよ。さっきラジオをいつでも聞けるようにしておけってお達しがあったんだよ。7時から詔書の捧読だって」

詔書というのは、天皇陛下が開戦を宣言した「対米英宣戦の詔勅（米國及英國ニ對スル宣戦ノ詔書）」のことだ。

「7時なら夕食の後ですね」

「そうだね。お父様も今日は早めにお帰りになるって言ってたから、みんなで一緒に聞けるよ」

柱時計がボーン、ボーンと7回鳴った。夕食を終えてすっかり片付けられた卓袱台を囲み、均たちはニュースを待つ。感情を抑えた男性アナウンサーから、これから陛下の詔書を読み上げる旨、説明があった。女中も一緒にみな正座の姿勢を正し、陛下のお言葉が朗読されるのを待った。

「……詔書。天佑を保有し万世一系の皇祚を践める大日本帝国天皇は昭に忠誠勇武なる汝有衆に示す……」

3分ほどの捧読の後、東条首相の演説が続いた。そこでは米英との関係改善の努力が報われず、支那大陸からの全面撤兵をはじめとする一方的な譲歩を強要され、やむなく始めた自存自衛の戦いであると言っていた。続いてラジオからは、日本が英国領のマレー半島に上陸したことが発表された。

「……大本営陸海軍部、12月8日午前11時50分発表。我が軍は陸海緊密なる協同の下に、本8日早朝、マレー半島方面の奇襲上陸作戦を敢行し、着々戦果を拡張中なり……」

さらにこの日タイでは英国軍を追い払い、フィリピンでは米軍を、香港では英国軍を攻撃したことが報じられた。真珠湾攻撃と共にアジアの各地で展開された作戦は、重要な軍事拠点だった香港・マニラ・シンガポールを叩き、アジアから米英勢力を一掃することを目的としていた。この日、それぞれが夕刊や号外、人づてで知った情報の切れ端が、夜のラジオでひとつにつながっていった。

「驚いた。ハワイだけじゃないんだね」

「随分と戦線を広げたものだ」

ぬるくなったお茶を飲み、ハルと五郎が口を開いた。ねるりが尋ねた。

「お父様、日本は勝つのでしょうか」

「どうかな。マレー半島では戦果が上がっているようだが……」

小学6年生になった一番下の弟、亘も戦況に興味津々だった。

「まさか米英の拠点を同時に叩くとは、驚きますね。お兄様は予想していましたか」

「そこまではしていなかった。南方から本気で米英を一掃するつもりなんだろう」

開戦初日の戦いは、静かに読み上げられた陛下の詔書を裏付けるものだった。


翌日、教室の生徒たちは、昨日にも増して興奮していた。気もそぞろに午前中の授業を終え、弁当を食べ終えた彼らに、待ちに待った昼休みがやってきた。均の席がある窓際に集まった友人たちが話し始めた。

「ハワイ、マレー半島、フィリピン、香港。日本は快進撃だ」

「ハワイじゃ米国の戦艦を6隻も沈めたそうじゃないか」

「フィリピンでは、100機も撃墜だって」

「米軍は、さぞ冷や水を浴びせられたことだろうね」

友人たちは、新聞に躍っていた戦果を伝える見出しを誇らしげに語り合った。

「それにしても不思議なのは、なぜハワイを攻撃したかだよ」

「えっ、それはどういうこと」

「だってさ、ハワイなんて小さな島だろう。どうせ叩くなら、なぜ米国本土を攻撃しないんだろうと思って」

言われてみれば確かにそうかもしれない、と彼らは思った。それも無理はない。海外に行くことが珍しかった当時、諸外国との距離を実感で理解している生徒はそれほど多くなかった。４年以上戦っている支那大陸のことは報道を通じて大方知っていたが、それはすべて狭い日本海の向こうのできごとだった。広大な太平洋をどれくらい進めば米国本土に到達するのか、具体的にイメージすることは難しかった。

「日本からハワイまで、どれくらいなんだっけ」

工藤（くどう）は何気なく均に聞いた。小さい頃から下宿生と一緒に世界地図を見るのが好きだった均は、すぐに答えた。

「１５００里（約６０００キロ）くらいだったと思う」

「じゃあ日本から米国本土は」

「西海岸なら２０００里（約８０００キロ）、米国の中心部なら２５００里（約１００００キロ）くらいかな」

「支那大陸まではどれくらい。例えば満州の首都、新京（しんきょう）なら……」

「３３０里（約１３００キロ）くらいだよ」

みんなの表情に驚きが見えた。

「ハワイってそんなに遠いのか……」

「太平洋は広いからな」

「船も飛行機も、遠くまで行くには、その分石油がいるんだろうな」

「石油がないからハワイにしたんだろうか」

「じゃあ南方の石油が手に入るようになれば、米国本土を心置きなく攻撃できるんじゃないか」

「たしかに」

早稲田中学校の学生らしい、熱い討論会が始まっていた。均が言った。

「これからまた新しい武器が開発されるだろうから、本国まで行かなくて済むようになるかもしれないよ」

「えっ、それはどんな?」

友人たちが均の話に興味を持った瞬間、午後の授業を告げるチャイムが鳴った。化学者になるのが夢だった均の頭の中には、技術の結晶のひとつである兵器のアイデアがいくつも浮かんでいたが、この数年後に陸軍が実現させたのは、気流を利用して米国本土に飛んでいく風船爆弾だった。


12月12日になると、新しく米英を相手に始めた戦争を「大東亜戦争」と呼ぶことが閣議で決定された。インド、ビルマ、カンボジア、ラオス、ベトナム、フィリピン、シンガポール、マレーシア、インドネシア。今となっては想像もつかないが、この時アジアのほとんどが欧米列強の植民地だった。この植民地から欧米列強を追い出し、アジアの人々が奴隷ではなくなる新たな世界を創ろうとしたのが大東亜共栄圏構想である。解釈によっては批判されることもあるが、当時の日本人の多くは、本気で大東亜共栄圏の実現を目指していた。

　戦争一色になったラジオでは、大東亜戦争に至った経緯を放送する番組が増えた。そこで紹介され、当時の少年の心を強く打ったのが、永野修身軍令部総長の言葉だった。

「戦うも亡国、戦わざるも亡国……。最後の一兵まで戦い抜けば、我らの子孫はこの精神を受け継ぎ、必ずや再起三起するであろう」

　これは真珠湾攻撃の約３ヶ月前、９月６日の御前会議における発言だといわれている。米国の石油は欲しいが、支那を諦めることも石油なしでやっていくこともできない。その状況を前に永野総長は統帥部を代表し、最後の一兵まで戦うことで死中に活を求めることを、御前で訴えたのだった。

　ぎりぎりまで追い詰められたとき、死を覚悟して潔く運命に立ち向かおうとする姿勢は、古来より日本に長く受け継がれてきた馴染のある価値観だったのだろう。そこには水面下で妥協や駆け引きを粘り強く続ける老獪さよりも、理想に燃えた青年剣士が敵にたった一人で立ち向かうような、澱みのない正義の形があった。それは八紘一宇の精神でアジアに平和をもたらそうとする日本を寄ってたかって潰そうとする旧来の「悪」への勇気ある反抗であり、そこには「正義は必ず勝利する」という祈りにも似た確信があった。

均は、そんな言葉で舞い上がるほど純でもなければ、素直でもなかったが、永野総長の言葉は、均の心にも同化していった。日本の存亡を賭けた戦いの中で、国民の1人として自分に何ができるのか、自問自答する日々が続いた。

## 2 ドーリットル空襲――一九四二年（昭和十七年）

小さな花びらを風に散らしたソメイヨシノに代わって、ずっしりとした花弁を揺らす八重桜が咲き始めていた。真珠湾攻撃から4ヶ月が経過し、食糧配給制の開始で日に日に弁当は質素になるばかりだったが、昼休みを自由に外で過ごしたいエネルギーは生徒たちにまだ残っていた。午前の授業の終了を告げるチャイムが鳴ると、みな味気ない弁当を一気に食べ、校庭を目指す。校舎から一歩踏み出した瞬間、みな春の日差しに目を細め、輝く太陽を見つめた。

均は、いつもの仲間、工藤、土井、一ノ瀬の3人と話に興じていた。

「午前中の軍事教練、参ったよな」

「いつもの早坂中尉だろう」

「今日の生贄は佐賀だったな。気の毒に」

均が入学した頃から、学校には陸軍の現役将校が配属され、軍事教練を受け持つようになっていた。均が通う早稲田中学校にも4人の配属将校がいた。

「とにかくどやしつけるのが仕事だと思っているよな」

「今日は誰が吊るし上げられるのかと、毎回ヒヤヒヤするよ」

均も会話に参加する。

「早坂中尉は、南京にいたらしいじゃないか」

「南京か。ほかの配属将校も支那だといっていたが」

「大陸でもさぞ下士官を殴っていたんだろう」

「あんな上官の下で働く下士官は気の毒だよ」

どの学校でも「配属将校に睨まれたら最後」と言われていたが、学校内で発言権を増す彼らに反感を持ちつつ、生徒は逆らうことは一切できなかった。理不尽な命令をされても、怒鳴られても殴られても、生徒は服従で耐えるしかなかった。

「なんであんなに威張っているんだろう。不思議だよ」

「うーん、それは将校だからか」

「それほど威張れる階級だとは思えないけどね」

皮肉を言った均の心には、近所に住む高級軍人たちの姿が浮かんでいた。ゆったりした物腰と言葉を発さなくとも威厳を漂わせる様子は、生徒のあら探しにセコセコと動き回る配属将校とは別の生き物に見えた。

物心ついたときから、均は軍人が嫌いだった。最初の思い出は均の父方の祖母、トキの話だった。南部家の城代家老の家に生まれたトキは、有栖川宮家(ありすがわのみや)で行儀見習いをした後、女中頭になった。有栖川宮家には時折軍人たちが訪れたが、そのふるまいは粗暴だった。隅々まで磨かれた屋敷に土足であがり、ふるまわれた料理や酒を遠慮なく喰(く)らう。酔いが回ってくると肩を組んで大声で歌いながら、毎回縁側から庭に小便をする。軍人たちが帰った後、女中たちはため息をつきながら掃除をしたという。礼儀やしきたりの欠片(かけら)も感じられない軍人たちのふるまいは、武家育ちのトキには驚愕(きょうがく)だった。宮様が軍人たちをどう思っていたか、その真意はわからなかったが、トキがそこに明治維新で新たに権力を持った人間の浅ましさをみていたことは均にも伝わった。

この頃の均が軍人と聞いて思い浮かべるのは、二・二六事件の前、毎夜野中家に押し掛けて図々しく酒を飲み、だらしなく騒いでいた若手将校と、生徒に理不尽な暴力を振るう配属将校だった。若手将校は地位の高い者に目ざとくすり寄り、媚びを売ることで利益を引き出そうとしていた。配属将校は自身の立場を利用し、横暴を楽しんでいる。——どれだけ偉そうなことを言っても、ただの私利私欲じゃないか。軍人の仮面をかぶったつまらん人間だ——。均は軍人が陛下という言葉を口にするたび、浅ましい欲のために陛下の威光を利用する彼らをますます軽蔑した。

「最近は、先生たちも反論しなくなったよな」

「少なくとも俺たちには、言葉より先に拳だからな。殴られるのが嫌だと思えば、そりゃ誰でも黙るさ」

みな配属将校の悪口はすらすら出てくる。自分たちは恐怖で言うことを聞いているだけで、そこに尊敬や信頼はないことを確認し合っているかのようだった。

その時校庭にいたのは、５００人くらいの生徒で、あちこちから歓談の声が聞こえていたが、それをかき消すように警報が鳴り響いた。するとボン！　ボン！　ボン！　という高射砲の音と共に、ドーンと地面に響く重低音を感じた。校庭にいた生徒たちは、動きを止めて一斉に空を仰ぐ。人並外れた視力を誇る均は、真っ先に言った。

「あの飛行機はこっちにくるぞ」

「えっ、どこだ、どこだ」

目が悪い工藤は尋ねた。

「2機いる。土井、あの飛行機はなんだ」

こういうときは飛行機マニアの土井に聞くのが常だった。先月空襲警報があったが事なきを得たため、多くの生徒は「今日も訓練だろう」「日本の飛行機だろう」と思っていた。ところがいつもならすぐに答える土井が、空を見つめながら珍しく黙っている。

「……九九式か、九七式か」

しびれを切らして尋ねる工藤の言葉を最後まで待たずに、土井が言った。

「日本のじゃない……、かも……」

「えっ」

みな驚いて小さな飛行機を、目を凝らして見つめる。均が口を開いた。

「土井、双発だ」

「じゃあノースアメリカンだ！」

この頃、授業では本土空襲に備えて、敵機を学ぶ時間が設けられていた。教師が指し示す模造紙には、米国のノースアメリカン、マーチン、英国のブリストル・ブレンハイムなど、敵機が描かれていた。また教室でスピーカーからエンジン音を流し、敵機の種類を判断させる時間もあった。当時の男子学生の多くは軍国少年で、日本の飛行機や戦車には詳しかったが、外国の飛行機にも通じている土井は別格だった。

小さかった機影が近づいてくると音も大きくなった。校庭の生徒たちは、茫然と飛行機が近づいてくるのを見つめていた。まもなく真上に差し掛かる頃、飛行機から何かが投下され、そこから弾けたものがサーッという乾いた音と共に大量に降ってきた。

飛行機は米国のB－25爆撃機、投下されたのは焼夷弾だった。焼夷弾はゼリー状のガソリンを詰めた長さ50センチの鉄製の筒が30本ほど入っている爆弾で、飛行機から投下されると空中で筒をばらまく。筒が地上にぶつかった瞬間、先端の信管から発火し飛び散った燃料で周囲は炎に包まれる。校庭で一足先に均と土井が気づいた小さな機影は、東南アジアをほぼ勢力下に収めた日本に反撃するために、太平洋上の米海軍空母から飛び立った爆撃機だった。

「爆弾が降ってきたら伏せること」と教わっていた生徒たちは、加速度を増して近づいてくる、サーッという風切り音の中でその場に伏せた。焼夷弾は次々と落下し、周囲を炎に包んでいく。ふと見ると、すぐ先に、地面に伏せている生徒たちの中でただ1人、仰向けに倒れている生徒が見えた。

近づくと、校庭の土に真っ赤な血がしみ込んでいくのが見えた。焼夷弾の直撃を左肩に受けた小島は、そのまま動くことはなかった。この日、早稲田中学校の校庭に降り注いだ焼夷弾は、約90発。これは日本が初めて米軍から受けた空襲で、指揮官の名前から後にドーリットル空襲と呼ばれた。16機のB－25は東京、横須賀、横浜、名古屋、神戸などを攻撃した。均の真上に焼夷弾を落としたのは、指揮官のドーリットル中佐が乗っていた1番機だった。

——飛行機は爆弾を落として去っていった。2度目の爆撃に戻ってくることはない——。

そう思った均たちは、消火作業にとりかかった。周囲をみると、あちこちから火の手が上がっている。

　1本2・8キロの焼夷弾は地面に近づくにつれ加速度を増し、人間の身体はおろか堅い瓦屋根も容易く突き破っていた。煙が上がっている場所を見つけては、消火訓練で何度もやったように、水を含ませた火叩きで炎を消していった。

　鎮火を確認した後は職員室に向かったが、なぜか教員は1人もいなかった。この日は土曜日。学校には軍事教練に充てた時間を補うために、半ドンを返上して援業を受ける4年生と5年生だけが残っていた。廊下の向こうから騒ぎ声がしたので、慌てて駆け付けると、配属将校の1人が軍刀を抜いて立っている。明らかに異様な光景だ。まわりには遠巻きに生徒の人だかりができていた。均はそこにいる上級生にすかさず尋ねた。

「いったいどうしたんですか」

「いや、俺も今来たところで何がなんだかさっぱり……」

軍刀を振り回しているのは、早坂中尉だった。血走った眼（め）を見開き、威嚇（いかく）するような奇声を発しながらわけのわからないことを叫んでいる。そしてその都度、見えない敵から自身を守るかのように、軍刀を振り降ろしている。

「もしかして、ここがおかしくなったんじゃないか」

中尉を見つめながら、上級生が頭を指さす。

「まさかこの空襲で……」

「日頃ご自慢の南京の武勲はいったいどうなったんだ……」

軍刀が届かない距離を維持しつつ、冷笑が中尉を取り囲んでいた。

「なんとかしないといけませんね」

「そうだな。おう伊藤。一緒にやるか」

声を掛けたのは、入学してからなにかと懇意にしている先輩の富樫（とがし）だった。

「はい」

富樫に指名され、均を含む数人が武器を手にした。武器といっても生徒たちがもっているのは、さっきまで使っていた消火道具や竹ボウキくらいしかない。とにかく距離が取れる長いものを使って、中尉を取り押さえることになった。

「いいか。行くぞ」

「はい」

見えない何かと戦いながら軍刀を振り回す中尉との距離を、生徒たちは少しずつ縮めていく。竹ボウキの先が軍刀に撫でられ、破片が床に落ちた瞬間、竹梯子で中尉の首を押さえ、火叩きが軍刀を床に叩き落とした。軍刀が手から消えた中尉は、泣き出しそうな表情になってそのままへなへなと脱力した。

「よし。縛れ」

3名で中尉を床に倒し、手にしていた縄を使って後ろ手に縛り上げた。彼らがだめだったら俺たちが……と覚悟しながら固唾を飲んで見守っていた生徒たちから歓声が上がった。廊下の奥から教師が数人、こちらに駆けてくるのが見えた。縛り上げられてうつ伏せのまま半泣きになっている早坂中尉を一瞥し、教師は言った。

「何が起きたんだ」

中尉制圧の指揮をとった富樫が答えた。

「早坂中尉が軍刀を振り回し、危険でしたので対処いたしました」

「そうか、わかった。お前たちは教室に戻って待機しろ」

「はい」

蜘蛛の子を散らすように、生徒たちは教室に戻っていった。それ以上深く問いただすことなく、呆れた視線を中尉に投げかけた教師の言動は、配属将校に生徒と同じ反感を持っていることを示していた。

教室に戻った均たちは、恐怖と興奮が入り混じった不思議な心境に包まれていた。

「まさかアメリカの爆撃機が東京に来るとはね……」

「本土から飛んでくるわけないよな」

「となると支那からか……」

全員、疑問が山ほどあった。

「高射砲では落とせなかったのか」

「届かない高さだったってこと？」

「そんなことはないだろう。敵機は俺たちにもしっかり見えていた」

「本土防衛は鉄壁のはずだろう」

「じゃあなんでノースアメリカンが入ってくるんだ」

「そうだよ。これじゃあ宮城に爆弾が落とされてもおかしくないぞ」

誰とも言わず、シッと小声になるよう諫めた。

「そんなこと、大っぴらに言うなよ」

「そうだよ。配属将校に聞かれたら大変だぞ」

話は早坂中尉に移った。

「それにしても、早坂中尉には驚いたな」

「本当に。伊藤、大活躍だったじゃないか」

「竹梯子って役に立つもんだな」

「火叩きもな」

さっきの情景を思い出して、みな少し笑った。そして笑顔の後に、均は呆れた口調で言い放った。

「中尉はもう、狂人だったたな。日頃軍事教練で威張っていても、爆撃機が来ただけであそこまでおかしくなるなんて愕然(がくぜん)とした」

「爆撃機が来ただけって……」

「でも、あれだけ威張ってたんだからなあ……。ほかの配属将校もおかしくなったんだろうか」

「どうだろう」

いつも冷静な均の語気は珍しく強かった。

「将校という階級だけで威張る。あんなのは帝国軍人じゃない」

普段と違う均にみな少し驚き、顔を見合わせた。

「でもあんな顛末になれば、もう早坂中尉は学校に来られないんじゃないか」

「ぜひともそう願いたいね」

「今頃、職員室で事情を聞かれているんじゃないか」

いつも威張り散らしていた中尉が、職員室で校長を前に意気消沈している様子を想像し、彼らは少し溜飲を下げた。

「小島、気の毒にな……」

「すごい血だったよな」

「爆弾の直撃をくらったんだって」

「左肩から貫通したらしい」

自分たちと同じように昼食を済ませて校庭にでた小島が、今はもうここに存在しないことが信じられなかった。自分たちは怪我もなくこうして教室に戻り、さっきと同じように歓談している。たった数メートルの差が、あっけなく命を奪っていく現実が身に染みた。時計を見ると3時半で、あれからだいぶ時間が経過していたが、均たちには一瞬のできごとのような気がした。血の気が引いた表情をした担任が入ってきた。学校の被害と現在わかり得る状況が説明され、小島の死を悼む時間が設けられた。全員一旦自宅に戻り、6時に再度登校することになった。

「ただいま戻りました」

自宅に戻ると、みな心配そうに均を待っていた。

「奥様、均さんがお帰りになりました！」

女中の声で、廊下の奥から母が走り寄ってきた。

「均、怪我はないのかい」

「ええ、私は大丈夫です」

肩掛け鞄（かばん）を置き、中から空の弁当箱を出す。

「お母様。この後また学校に行かなければなりません。弁当をお願いできますか」

「そうかい。ご苦労なこったね」

ハルが弁当箱を女中に渡すと、女中は頷（うなず）いて台所に急いだ。

「ほいで学校は大丈夫だったのかい。爆弾が落ちたんだろ」

ハルが、平静を装って尋ねる横には、勤労奉仕の服を着たままのねるりと亘がいた。

「校庭に爆弾が落ちて、少し燃えたので消火しました」

「誰か亡くなったのかい」

「ええ。同級生が直撃を受けました」

「直撃って爆弾のかい」

「そうです。即死でした」

亡くなった生徒がいたことが、みんなの心に重くのしかかった。

「まさか東京が空襲されるなんてねえ……」

「兵隊さんが撃ち落とすことはできなかったのかしら」

ねるりは訝しがった。

「均さん、お弁当ができました」

居間の外から女中が声を掛けた。朝と違って、冷たいご飯を詰めた弁当箱はなんとなく重く感じる。

「では行って参ります」

「おや、もう行くのかい」

「ええ、学校の近隣にも爆弾が落ちたので、みんなで見回るらしいんです。今夜は何時に帰れるかわかりません」

「そうかい。行っといで」

「お兄様、お気を付けて」

「お兄様、いってらっしゃい」

「いってらっしゃいませ」

母、ねるり、亘、そして女中の挨拶を受け、均はお辞儀をして出て行った。

この夜、空襲の不安を抱えて夜明けを待つ家が、東京に数えきれないほどあった。これまで軍人の仕事ととらえていた「戦争」という言葉が、自分たちを主語にしてなりたっていくことを多くの人が感じ始めていた。


学校に近づいていくと、焦げ臭いにおいが強くなってきた。陽が落ちかける中での登校は、不思議な感じがした。教室に入ると、友人たちはすでに集まっていた。いつもなら朝の見慣れた風景だが、今日は2回目だ。凝縮された時間を過ごし、早々と2日目に突入したようなみんなの疲労感を、ゆっくりと沈んでいく夕陽が包んでいた。教室に入ってきた担任は、何かあれば近隣に手伝いにいく旨を説明し、「教室で待機するように」と言って去っていった。

「あれだけ徹底的に消したんだから、もう火事にはならないだろう」

「そうだな。でもこの臭い、油が燃えた後の独特の焦げ臭さだよな」

「ああ。不発弾の中から、油が漏れてたらしいぞ」

「じゃああの筒の中には、油が入ってるのか」

「よく燃えるはずだ」

日本が初めて焼夷弾の洗礼を浴びた夜、均たちは教室で一夜を明かすことになった。4月後半の気候なら、雑魚寝も苦痛ではない。窓から差し込む月灯りで目が慣れてきた頃、誰ともなしに話が始まった。

「小島は、もう家に帰れたんだろうか」

「まさか今日、自分が校庭で死ぬとは思っていなかっただろうな」

「俺、卒業したら兵隊になることにしたよ」

一ノ瀬が口を開いた。

「お前、大学に進むんじゃなかったのか」

土井が驚いて尋ねる。

「ああ。そのつもりだったけど、気が変わった」

「お前、弁護士になるって言ってたじゃないか」

一ノ瀬は、父の後を継いで弁護士になるべく、早稲田中学校に入学してきた秀才だった。

土井は大きな時計店の跡取り息子、工藤は銀座にあるテーラーの次男坊で、2人とも将来は暖簾分けした店を持つことが決まっていた。進路が決まっている仲間と思っていた一ノ瀬から出た言葉は驚きだった。

「まあな。でも小島の仇を討つ」

仇という言葉に、みな再び無言になった。

「それに、今日の空襲で俺は日本の強さが信じられなくなった。あんなに簡単に敵機がやってきて、帝都に爆弾を落とすなんて」

それには均も同感だった。この頃学校では、蘭印作戦で活躍した早稲田中学校ＯＢの兵士を招請し、頻繁に講演会を開いていた。スマトラ島のパレンバン空挺作戦に参加した兵士は「なんの抵抗もありませんでした」と戦果を語っていたが、父を訪ねてきた兵隊の話は違っていた。華々しい戦果と無事の帰還に乾杯しながら、現地では雨で濡れたマッチが役に立たなかったので、煙草は敵兵から奪ったライターを使ったと漏らした。父の旧友にとっては情けない笑い話だったが、火をつける道具ひとつ満足に揃えられずに、この戦争に勝てるのだろうかと均は思っていた。

「伊藤は卒業後、どうするんだ」

一ノ瀬が矛先をこちらに向けた。

「橋を爆破した時から、伊藤は将来化学者だろう。なあ」

近隣から通う生徒には、小学生の均がニトログリセリンを自作し、木製の橋を爆破したエピソードを知らない者はいなかった。伊藤に進路を聞くなんて、滑稽だと工藤は思った。ところが均は意外なことを口に出した。

「やりたいことは変わらないけど、研究できるところが減ってるからな……」

均の化学者になりたいという夢も、ノーベル賞を取るという目標も小さい頃から変わってはいなかった。ただ、小さい頃に可愛(かわい)がってもらっていた下宿生の近況を聞くたび、民間の就職先がどんどんなくなっているのを感じていた。首尾よく入社できても、動員で毎日退避(たいひ)壕(ごう)の穴を掘らされているという。戦時体制の影響を受ける中で、均が夢見た研究ができる場はどんどん狭まっていた。

「たしかにいま、会社にはのんびり研究なんかやってる余裕なんかないよな」

「伊藤。お前、軍の研究者になったらどうだ」

均にとって、その言葉は新鮮だった。

「軍の研究機関なら、予算をふんだんに使えるだろう」

「そうだ。伊藤が好きな爆薬は、戦争に必要不可欠だ」

「いつか、伊藤が開発した兵器を使うことになったらおもしろいじゃないか」

3人は均よりも先に、最新の化学技術で兵器を作り出していく白衣の均の姿を想像していた。

「軍の研究者か……」

偉そうに威張り散らす軍人を軽蔑していた均に自分が軍人になるという選択肢はなかったが、思う存分研究したいという均の夢を叶える場所は、軍にしか残されていなかった。

## 3 陸軍予科士官学校——一九四四年（昭和十九年）

ドーリットル空襲による帝都の不安は、その後敵機の姿がまったくみえなくなった空と、日本艦隊が東南アジアを支配下に置いていくニュースがかき消していった。国内では木炭に続いて薪まで配給制になり、食糧不足を解消するために、めぼしい空き地はすべて耕され、国会議事堂に臨む広場にも野菜の種が蒔かれた。海の向こうで勝ち続ける兵隊たちを写した写真の数々は、国民の戦時体制による生活の苦しさを一瞬だけ忘れさせた。

昭和17年中盤になると、ミッドウェー海戦の大敗によって日本の連戦連勝に陰りが差してきたが、新聞にはそれまでと変わらない勝利の文字が躍っていた。昭和18年6月5日には、ソロモン群島で戦死した山本五十六長官の国葬が日比谷で執り行われ、多くの市民が沿道に整列して英霊を見送った。これとほぼ同時期に新聞に初めて「玉砕」の文字が載り、白い布に包まれた小さな箱となって帰還する兵隊が増えていった。

10月には明治神宮外苑競技場で、初の出陣学徒壮行会が行われ、それまで徴兵が猶予されていた学生も戦場に送られることになった。青白い顔で、ぎこちない行進をする学生たちを秋の冷たい雨は容赦なく濡らした。

昭和19年3月、均は陸軍予科士官学校（予科士）第60期の生徒となった。支那事変勃発の頃から入学希望者が大幅に増加したため、市ヶ谷から朝霞に予科士の校舎が移転したばかりだった。大泉学園駅から北に向かい、眩しく舗装された道路に沿って進むと、両側に大きな石造りの門柱がそびえる正門がみえてくる。視線の先には、１２０万坪（東京ドーム85個分）の敷地が広がり、真新しい建物が整然と並んでいた。正門を過ぎると左右に鹿島池と香取池、右奥には高い木々に囲まれた白木造りの雄健神社がある。市ヶ谷から移されたこの社では、勇気を発奮する生徒たちの雄叫びが朝に夕に響く。ゆったりと左にカーブする道路をさらに進むと、ロータリーの向こうに、金色に輝く菊の御紋章を戴く本部庁舎が見えてくる。車寄せが陽の光を遮る薄暗い入り口には、扉の上に掲げられた「振武台」の3文字が力強く書かれた扁額が厳かに見守っていた。

第60期生は４７３８名。本科である士官学校へ行く前に予科で2年間の教育訓練を受ける制度だったが、均が入学した昭和19年になると若手将校の不足から教育期間が短縮され幾分慌ただしいカリキュラムになっていた。

入校後、生徒は24個ある中隊のいずれかに割り振られる。1個中隊は5個区隊で構成され、1区隊には30～40名の生徒が所属する。中隊ごとに生徒舎が決まっているため、同じ中隊であれば同じ棟に寝起きすることになる。生徒たちが本科に進む能力を身に付けるべく、教育と生活の面で面倒をみるのが区隊長だ。区隊長は大尉または中尉、その上にいる中隊長は少佐が任命される。入学したばかりで右も左もわからない生徒たちにとって、共に過ごす時間の多い区隊長は憧れの先輩であり、頼りになる兄のような存在だった。

朝は5：30に起床し、午前中は講堂にある教室で授業を受ける。学科は国文、歴史、数学、物理工学、化学、地形、外国語と多岐にわたり、昼食後は教練や武道の訓練を行う。敷地内には2つの柔道場と6つの剣道場が設けられていた。

敷地の北側には厩舎があり、そこには約500頭の馬がいた。初めての馬術の教務の時、均たちが広場に整列して待っていると、馬の面倒をみる均たちよりも若い青年たちが1人1頭ずつ手綱をもって、ゆっくりと厩舎から馬を引いてきた。生徒たちの前に馬が整列した。馬が目の前に来るとその大きさがよくわかる。大人しく立っている馬、生徒の匂いを嗅ごうと首を振る馬、落ち着きなく足を動かす馬。田舎育ちで馬に慣れている者がいる一方で、蹴られる恐怖に後退りする者もいた。

「貴様らの中に、東北の者はおるか。手を挙げろ」

馬に乗った教官は、生徒を見回して訊ねた。

「何名かおるだろう。もしかしたら貴様らの知っている馬がいるかもしれん。いたらそれを割り当ててやる」

陸軍の軍馬は、主に東北からきている。東北の貧しい農村からやってきた生徒には、軍馬の生産に携わっていた者が少なくなかった。

教官の好意に驚いた生徒は、まわりの様子をうかがった。教官が何度か声をかけると、やっと何人かが遠慮がちに手を挙げ始めた。

「これだけか。ほかにはおらんか？」

すると端の方から均が元気よく手を挙げた。

「はい」

「なんだ貴様。最初は手を挙げなかったではないか」

「私は東北の出ではありませんが、陸軍様にはいつも馬をお買い上げいただいております」

悪びれずに堂々と語る均の口調に、生徒たちは驚き、笑いをこらえた。

「どこの馬だ」

「七戸です」

「では貴様は牧場の関係者か」

「はい。毎年、何頭もお買い上げいただき、恐悦至極でございます」

「ほう。馬は賢い動物だと聞く。お前を覚えているか、試してみろ」

そういわれた均は、厩舎に向かってありったけの声で叫んだ。

「クインシーバー」

均は、馬の中で覚えている名前のひとつを呼んだに過ぎなかったが、ブルルルルルルという声の後、小さないななきと共にこちらに向かってくる1頭の馬がみえた。数秒後、外れた手綱を追って、馬丁の青年も慌てて走ってきた。生徒たちに驚きの表情が浮かぶ。均の数メートル前で脚を止めた馬は、くるりと身体を翻して当然のように均の隣に立った。やっと追いついた馬丁は、息切れを抑えながら慌てて手綱を拾う。教官は驚いた様子で言った。

「この馬か」

「そうです」

「よかろう。では貴様は、これからその馬を使え」

感心した教官はそう告げた。その後、馬術の時間に均が乗る馬は、クインシーバーとなった。ここでは違う名前で呼ばれていたクインシーバーだったが、老齢のため大人しく、ほかの生徒もこぞって乗りたがるほどだった。均以外の者を乗せるときは、長いまつ毛の大きな瞳（ひとみ）に面倒くさそうな色を浮かべるのが、均にはおもしろかった。

　予科士では起床後の点呼が済むと、皇居遥拝と父母への挨拶を唱えた後、「軍人精神」を叩き込むと称して姿勢を正したまま各自が軍人勅諭の5か条を読み上げさせられた。

「軍人は忠節を盡（つく）すを本分とすべし。凡生（およそせい）を我國（わがくに）に稟（う）くるもの誰かは國（くに）に報（むく）ゆるの心なかるべき。況（ま）して軍人たらん者は……」

　毎朝こうして大きな声で朗読していれば、覚えてしまう者が増えていく。書を脇（わき）に携え、一文字も見ないまま最後まで暗唱する生徒の横を、区隊長がうなずきながら通り過ぎる。しかし均だけは、いつになっても暗記しなかった。均を見て、区隊長が足を停（と）める。

「貴様は、まだ覚えられんのか」

「申し訳ありません」

「続けろ」

　寝室に戻り、掃除と整理整頓をしていると、隣の高橋（たかはし）が声を掛けた。

「伊藤、さっき区隊長殿に注意されていたな」

「ああ」

「暗記、苦手なのか」

「まあな」

「うちの区隊長殿は優しいが、隣の区隊はもう全員暗記しているらしいぞ。暗記するまでこっぴどくやられたらしいからな」

「ばかばかしい」

均は笑った。

「笑っている場合じゃないだろう。どうしても覚えられないなら、自習のときに手伝ってやる」

面倒見の良い高橋は、入学当時から周りの仲間を気に掛ける優しい性格だった。寝起きを共にする仲間たちの間には、お互い助け合う仲間意識が生まれていく。

「心配かけてすまんな。これからは注意されないようにするよ」

そうは言ったものの、均に軍人勅諭を覚える気はまったくなかった。小学生のときも「教育勅語」の暗唱をさせられたが、均だけが覚えなかった。立たされ、叱(しか)られ、殴られることが続けば大抵の生徒はできるようになるが、「意味がない」と思っていた均は最後の一人となり、教師を当惑させた。このほかにも「神武(じんむ)、綏靖(すいぜい)、安寧(あんねい)……」と124代にわたる歴代天皇の名前も暗唱させられたが、均は覚えようとしなかった。

化学者になるという小さい頃からの夢が長引く戦争で厳しくなり、わずかに残された可能性を繰って予科士の道を選んだ均が、軍人勅諭の暗唱より化学の知識を頭に入れ込むことを選んだのも当然だった。軍人勅諭の内容は当然のこととして受け取っていたが、一言一句の丸暗記を強いて教育成果を確かめる行為は、指導者の満足感のためにあるとしか思えず、なにより、「世論に惑はず、政治に拘らず……」と暗唱させておいて、時の内閣総理大臣は、陸軍大将東条英機だったのだから均は納得がいかなかった。なんと東条大将は総理大臣、陸軍大臣、軍需大臣、陸軍参謀総長を同時に兼務しているばかりではなく、外務大臣、内務大臣、商工大臣、文部大臣をも歴任していた。

均は毎朝、区隊長の動きをつぶさに観察した。生徒はいつも決まった順番に整列するため、自分の位置は変わらない。そこで区隊長が隊を歩き回る時間を計測し、自分の横を通り過ぎるときにぶつかる部分を調べ、そこだけを暗記した。区隊長が左右、どちらから回っても対応できるように計測は入念に行った。

「……軍人は信義なくては一日も隊伍の中に交りて……」

一点を見つめて自信を持って高らかに読み上げる均の横を、区隊長は満足して通り過ぎて行った。

教練は小銃、拳銃（けんじゅう）射撃から突撃、陣地構築、戦車特攻（地雷を身体にくくりつけ戦車に飛び込む）にいたるまで多岐にわたり、飛行機の離着陸もあった。振武台の近くには昭和18年に完成したばかりの成増（なります）陸軍飛行場があり、三式戦闘機「飛燕（ひえん）」が多数駐機していた。均たちが飛行機の操縦に慣れてくると、飛行機を守る役割を命じられた。たびたび本土に襲来する敵機に破壊される前に、いち早く飛行機を空中に逃し温存する係だ。敵機と空中戦をするパイロットと違い、離陸と着陸さえできれば可能な仕事だった。

　空襲警報が鳴ると、生徒のうち指定された者たちは宿舎の下に来た自動車で飛行場に向かう。身軽な均は、2階の窓から飛び降りるのでいつも一番に自動車に乗り込んだ。疾走する自動車が飛行場に滑り込み、飛び降りた生徒たちが飛燕に飛び乗ると、ラジオから状況の説明があり針路が示される。

「聞け。飛行場長である。離陸後は、右に榛名（はるな）、左に赤城（あかぎ）をとらえつつ、その中間を飛び、北へ向かえ。帰投の時機については、追って指示する」

　離陸してから約2時間。飛び立った飛燕は指定された航路を進み、敵機がいなくなり安全が確認された後、飛行場に舞い戻っていた。

　実戦とはいえ、ただ避難することに飽きてきた均は、何か新しいことに挑戦したくなった。空襲が終わり飛行場に戻って来た均は、何度か顔を合わせるうちに親しくなった整備兵に言った。

「次はどこまで高く上れるか、試してみようと思います」

「ほう。プロペラを曲げた伊藤が随分大きくでたものだなあ」

均がまだ操縦に慣れていない頃、飛行機が地上で駐機しているのに踏板を誤って踏んだことがあった。足元にある踏板はタイヤの格納を制御するが、地上でタイヤを格納すれば脚の長さの分機体は沈み、前面にあるプロペラの下部が地面に刺さってしまう。大きな音と共にあっという間に曲がったプロペラを見て、格納庫から青い顔をした整備兵が何人も走ってきた。

「その節は申し訳ありませんでした。おかげさまで操縦に慣れてきたので、新しいことを試してみようと思いまして」

「だからといって高度を上げてどうする。上がりすぎたら空気がなくなるぞ」

「空気がないところまでは、飛行機は上がらないでしょう」

平然と述べる均を見て、整備兵は悔しそうな笑顔を見せた。

「わかった、次の時は酸素マスクを用意しておいてやる」

酸素マスクをつけた均は、どこまでも上空を目指した。気づくとまわりに仲間の機体はみえない。４０００メートル、４２００メートル、高度計が上がるほど、次第に雲もなくなっていった。見渡す限りの青い空に存在する命は自分だけという感覚は、初めてなのにどこか懐かしい感じがした。

――俺は生まれる前は、ここにいたんだ……。この命が終わったら、ここへ戻るんだ――

なんとも心地いい孤独を感じた。

この頃になると、各地で結成された特別攻撃隊が訓練の経由地として成増飛行場を訪れることが多くなっていた。特別攻撃（特攻）隊とは、わかりやすくいうと体当たり攻撃をする部隊だ。特攻の舞台は陸海空のすべてであり、陸は爆弾を抱えた生身の兵隊が敵の戦車に、空なら飛行機が敵機に、海なら人間が操縦する船や魚雷が敵艦めがけて突っ込み自爆する。命を捨てても敵を倒す特攻精神は開戦当初から様々な戦場で称賛されたが、具体的な戦術として検討を始めたのは、ミッドウェー海戦以降の昭和17年後半からといわれている。

入学して数ヶ月、軍人とはまだまだ言えない予科士の生徒たちは、隊列を組んで歩く特攻隊員の精悍（せいかん）な横顔に目を奪われた。彼らといくつも違わない均たちは、「俺たちも数年経（た）てば、あんな顔つきになるんだろうか」と、憧れを込めて彼らを眺めていた。

成増を訪れる特攻隊員は、翌日にはその姿が見えなくなるが、それに代わるように新たな特攻隊員がやってくる。そんな日々が続いた。

やってきた特攻隊員は、振武台の宿舎に宿泊する。その際、彼らの世話をするのは予科士の生徒たちだった。短い間であっても心置きなく過ごしてもらいたい。そんな気持ちが、振武台全体を包んでいた。

ある夜、夕食を済ませた均が自習室に向かう途中、中庭のベンチに小さな煙草の灯りをみつけた。服装からさっき到着した特攻隊員だとわかった。夕焼けが微(かす)かに残る夜空を見上げながら、彼は煙を燻(くゆ)らせていた。特攻隊員は均の視線に気づき、こちらを向いて会釈をした。

均は意外なことに一瞬驚き、あわてて敬礼した。

「やあ。いろいろ世話になってすまないな」

「いえ。とんでもありません」

「君も一服どうだい」

ポケットから煙草を取り出し、均に見せる。廊下から中庭に出た均は、丁寧に応(こた)えた。

「紙巻きは飲まないんです。せっかくなのに申し訳ありません」

「いや、いいんだ。今夜は風が気持ちいいな。どうだ、少し話さないか」

そういいながら、均に座る場所を空けてくれた。

「俺は日下(くさか)だ。よろしくな」

「伊藤と申します」

均は日下の横に静かに座り、姿勢を正した。自習室からは、時折生徒の声が聞こえてくる。今日の授業でわからなかったところを、区隊長に教わっているのだろう。

「貴様、出身はどこだい」

「東京です。中野ってご存じですか」

「ああ。中野には何度か行ったことがある。俺は水戸だ」

風が吹くたび、遠くの林の木々が揺れる音が聞こえる。夜は少しずつ濃くなり、2人を月の灯りが包み始めた。奥にある厩舎から、風は微かな馬のいななきも運んでくる。

「ここにはもう慣れたか」

「はい」

「何歳になる」

「17歳です」

「来年には陸士（陸軍士官学校）だな」

日下は感心した様子で、均の横に置かれた教科書を眺めた。

「勉強はおもしろいか」

「はい。私は化学や物理が好きです……」

「あはは。そんな奴がなぜ軍人になるんだよ」

日下は笑いながら、また煙草に火を点けた。美味そうにひと吸いし、一瞬月を眺めてから静かに言った。

「貴様に頼みがある」

「なんでしょう」

「貴様は死んではいかん」

予想外の頼みに、均は耳を疑った。ここ振武台に限らず「命を惜しむな」という教育が日本中でなされ、残る命も数年と覚悟を決めた者が集う軍隊において、「死ぬな」と言われることなどあり得ないからだった。

「俺たちは、間もなく敵艦に特攻する。貴様には俺たちができないことをしてほしいんだ」

ゆっくりと語る日下の右手にある煙草から、はらはらと灰が落ちる。

「貴様には、生きて老いぼれと女子供が食える国を作ってほしい。俺たちには、そんな当たり前のことができんからな……」

後に15年戦争と呼ばれる日本の戦いは、昭和6年、均が4歳の時に始まった。世の中に戦争が当たり前のように存在し、均をはじめとする男子はみな物心ついたときから「命を惜しむな」という教育を受けている。そこに突然「死んではいかん」と言われても、その言葉は虚しく頭上を過ぎていくだけだった。

「俺たちは行くけどな……。こんなことが、いつまでも続くわけがない。貴様はまだ若い。しかも優秀だ。貴様のような人間に、国を作り直してほしいんだ」

均は、化学者になりたいと思って陸軍に入ったが、予科士の教育を受けるうちに、いつの間にか自分が生き残る可能性や、この戦争が終わったあとのことをまったく考えなくなっていたことに気づいた。

「戦が終われば、学問はできるんでしょうか」

自分でも唐突な質問が口を突いた。しかしそれは均の本心だった。

「ああ、できる。貴様がそういう国にすればいい」

「わかりました」

「頼んだぞ」

廊下をやってきた仲間が日下を呼んだ。

「おーい、日下ぁ。そんなところにいたのか。探したぞ」

煙草の火を消して、日下はゆったりと立ち上がった。均も起立し、姿勢を正した。

「すまんすまん。ちょっと夕涼みしていたんだ」

「こっちは」

日下の隣にいる見慣れない生徒に、彼らは警戒のこもった視線を向ける。

「予科士の伊藤だ。ちょっと雑談していたんだ。な？」

「はい」

「おい、早く行こうぜ。隊長が待ってる」

仲間が日下を急かす。

「伊藤。自習の時間を奪ってしまってすまなかったな」

「いえ」

「じゃあな……」

そういって日下は仲間たちと去っていった。日下の「そういう国にすればいい」という言葉が残響として均の頭に残った。そして、それは生涯消えることはなかった。

振武台の若者の殆どは、生きていたいという本心をねじ伏せるために「命を捨てることが、お国のために自分ができるたったひとつのことだ」と自分に言い聞かせていた。それは失えば二度と手に入らぬ自分の命を特別に思うからであり、特別なものを自ら捨てる行為に崇高な価値を見出そうとしているからだった。しかし均は違った。それは命の捉え方が他と違っていたせいかもしれない。均は命を捨てることを目的にするのではなく、手段として何のために使うべきかを考えていた。

## 4　中野での生活――一九四四年（昭和十九年）

陸軍予科士官学校の生活に少しずつ慣れてきた7月のある日、均は区隊長に呼ばれた。木造校舎の長い廊下には、開け放たれた窓から初夏の湿気と埃を帯びた重い空気が流れ込み、アブラゼミの鳴き声を包んでいた。

「伊藤、入ります」

「おう、来たか」

部屋は薄暗かった。区隊長は窓を背にした机の前で、椅子に座ったまま均を一瞥した。周りにいた補助教官たちも、会話を止めて座ったまま一斉に均に目を向けた。区隊長は手元の書類に目を落としてから立ち上がり、均を見つめてこう言った。

「伊藤均、8月1日付、東部第三十三部隊へ教育入隊を命じる」

東部第三十三部隊というのは、俗にいう陸軍中野学校のことである。戦後に「日本のスパイ養成機関」とも称された陸軍中野学校は、かつて通信を担う陸軍電信隊が置かれていた、今の中野駅の北側に位置する広大な敷地に設立された。東部第三十三部隊は、昭和12年に陸軍参謀本部内で諜報・策略を駆使した秘密戦を専門とする要員の養成を提案した意見書から始まった。満州国をはじめとした外地に陸軍の部隊が展開するようになったため、現地住民の民意工作、作戦に関わる情報収集における諜報や謀略を参謀本部が重視したからだった。秘密戦を学ぶために、全国の部隊から選抜された優秀な士官や下士官が中野の地に集められた。

8月1日、命令書を携えた均は、陸軍中野学校の門をくぐった。広い敷地のあちこちには立派な木々が空に向かって枝を伸ばし、地面に濃い影を落としていた。教室に集まった学生の中に、知っている顔はない。見たところ、均とほぼ同年代のようにみえる。彼らも同じような命令でここにやってきたのだろうか。尋ねたくても気軽に私語ができる雰囲気はなく、みな緊張した面持ちで、席で姿勢を正し教官を待っていた。

廊下の向こうから足音が近づき、静かに教室の戸を開けて教官が入ってきた。予科士で普段見慣れている教官とは明らかに雰囲気が違う。それは「軍人臭」のなさだった。たった5ヶ月だったが、均が過ごした予科士では「軍人らしさ」を徹底的に叩き込まれた。姿勢、歩き方、言葉遣い……。一挙手一投足に軍人らしいことが求められたが、この中野学校では着校早々その軍人らしさを捨てろと言われた。

「みんな、何をするときにも、かくかくとして堅苦しいんだよ。なんとかならんか、そのいかった肩……。ここでは頭髪は伸ばし、軍隊用語も使うな。軍歌なんかもっての外だ……。『軍人らしさ』は、すべて捨てろ」

誰一人発言する者はいなかったが、全員が激しく動揺していた。

「貴様らがこれから学ぶのは、秘密戦だ。秘密戦で身分を知られることは、即、作戦の失敗と死に繋(つな)がる。ここでは外見は完全な地方人(民間人)、心は日本軍人として生きろ」

教室に集まっている生徒たちが均と同様に予科士からの出向であれば、数ヶ月前までは民間人の生活しか知らなかったのだからそれほど困難なことではないが、軍人として経歴が長い者にとってはそう簡単なことではない。一番の恐怖は、周囲の目だった。軍人でなくても軍人らしい所作が求められている時に、本物の軍人が軍人らしくないような振る舞いをしなければならない。

「早速だが、貴様らに課題を出す。明朝は、駅前の三和(さんわ)銀行内の金庫に侵入した証(あかし)を持って登校してこい。いつ侵入するかは各自所定とする。今日は、帰ってよろしい」

銀行に忍び込むという、法律を逸脱する行為を課題として提示された若者は、さらに動揺した。そんな彼らを眺めながら、均は考えていた。

「いったん家に帰って、日が暮れたら聴診器を持って銀行に行こう」

自宅に戻った均は、まっすぐ自室に向かい、引き出しにしまっていた聴診器を鞄に入れ、再度家を出た。この古い聴診器は、均がまだ小さい頃、軍医だった伯父からもらったものだ。

「ほう。均は聴診器がおもしろいのか？　じゃあこれをやろう」

聴診器を胸に当てると、身体の中からいろいろな音が聞こえる。自分の音と、父の音は少し違っていた。胸に当てた冷たい金属が伝える絶え間ないリズムは、自分がこの世界に生きている証のように感じたものだった。

陽が暮れかけてきた6時ごろ、中野駅前で三和銀行を見つめる青年がいた。国民服姿の均だ。帰宅を急ぐ人で賑わう駅前の喧噪(けんそう)は、これから始まる均の挑戦を覆い隠していた。

電信柱の街灯がともり始めたのを見計らって、均は銀行に向かった。銀行は午後6時に営業が終わる。営業が終わっても、行員が全員退社するまでドアが施錠されるはずがない。狙(ねら)うのは、ほとんどの行員が建物を出た一瞬だ。あの規模の銀行なら、行員は15人程度だろう。建物から一人、また一人と行員が出てくるのを数えた。12人目が出て行くと、ふと「今だ！」とひらめいた。均は、4年前にヒグマを撃った時を思い出した。

「あの時と同じ感覚だ……」

均は自信を持って、感じるままにドアを開けて行内に入ると、人の気配はほとんどなかった。金庫のある方向を探っていると、脳裏に伯母の顔が浮かんできた。父の姉にあたるナツは徳川家につながる資産家に嫁いだ。夫が銀行を経営していたことから、よく銀行の話をしてくれた。興味深く聞く均に心を許し、部外者が知ることのない銀行内部の構造、警備の状況を丁寧に説明してくれた。そのひとつひとつを、均は覚えていた。

廊下で微かな足音がした。物陰に隠れて耳を澄ますと、カチャカチャとした金属音が混ざる音で警備員だと確信した。行員が全員帰宅した後、警備員が館内を見回り、すべての入り口が施錠される。――長くても10分もあれば、すべての鍵を閉め終えて出て行くだろう――。均の読みどおり、しばらくすると警備員の廊下を歩く足音がだんだん遠くなり、外側から鍵を閉める鈍い金属音がした。

夜目が利く均は、窓から入る僅かな明るさを頼りに行内を移動し、金庫を探した。そして遂に発見し、両開きの厚い金属の扉の前に立った。鞄から聴診器を出し、右耳に入れた。左の耳は、周囲の音を聞くために入れずに空けておく。人間の胸ではなく鋼鉄の扉に採音部を当て、音を頼りに開錠の番号を探っていった。

カチカチカチカチ――

暗い室内に微かなダイヤルを回す音だけが響く。

ガシャン――

ダイヤルを合わせ終わった均は、レバーをひねって動かした。

キー――。

思い切り体重をかけて扉を引くと、金属同士が擦（こす）れる重い音と同時に扉が開いた。均は内部の棚のひとつに置かれていた書類の束をひとつ取り出すと、それを鞄に納め、静かに扉を閉めてレバーを戻しダイヤルを回した。

往診が終わった医師のように聴診器を鞄にしまった均は銀行を出て、そのまま中野学校へ向かった。静けさに包まれた長い廊下を教官室へ向かうと、昼間教室で会った教官は机で事務仕事をしていた。

「伊藤、入ります！」

「おう、どうしたこんな時間に？」

教官はぼんやりと均の方を向いた。

「本日の課題を持参いたしました！」

気を付けの姿勢で告げた均を、教官は驚いた顔で見つめた。

「貴様……。もう銀行に忍び込んだのか……？」

「はい！　先ほど侵入し、金庫の中にあったこの書類を持って参りました！」

教官は無言で立ち上がり、近づいて均の手からゆっくりと書類を受け取った。教官は黙ったまま書類をパラパラとめくった。驚愕の表情を浮かべながら、小さな声で答えた。

「ん……、帰ってよし」

「帰ります！」

均は敬礼し、職員室を後にした。

入学最初の課題をクリアした均だったが、やり遂げた達成感もこれから学ぶ秘密戦への期待もなかった。課報・課略を教育する日本唯一の機関である陸軍中野学校の第一印象は「別に大したことない……」だった。


中野学校は朝8時に課業が始まり、午前座学、午後実習、夕方試験という日々だった。秘密戦の技術は、長距離通信、解錠、毒薬作成、盗聴・盗撮、暗号解読、封筒開封など多岐にわたる。試験に合格すれば、どんどん次のステップに移行していくため、クラスのメンバーは常に入れ替わっていた。校内では生徒同士言葉を交わしてはならないとされ、予科士のように授業でわからないところを教え合ったり、一緒に勉強したりするような雰囲気はなく、名前も知らない者同士で秘密戦を学んでいた。

着校当日に銀行の金庫を解錠する課題が出されたというのに、解錠を改めて学ぶ時間が設けられているのを均は不思議に思ったが、そこで教壇に立ったのは教官ではなく、手錠をかけられ、腰縄付きで連れてこられた、刑務所に収監中の空き巣のプロだった。

「今日は、この男からあらゆる種類の錠の開け方を学ぶ」

教室は騒然となったが、均はひとり憮然としていた。

——日本の警察なんぞに捕まるドジな空き巣から、教わることなんかねえ——。

教官は重い箱から様々な種類の錠を出して机の上に並べ、黒板に図を描きその構造を説明した。すると手錠を掛けられたままの男は、教官の顔色をうかがいながら、錠の開け方を説明していった。

座学で構造と解錠法を理解し、実習をして夕方から試験になった。地下区画にある小部屋に掛けられた3つの錠を開け、室内にある封書を持ってくるのが課題だ。試験は1人ずつ実施される。均の順番は、深夜の1時30分だ。この時間に地下区画に赴き、2時までに課題をクリアしなければならない。

階段を降りるとそこは真っ暗だった。夜目が利く均でも何もみえず、懐中電灯の先端を手で覆い、僅かな明かりだけが漏れるようにしてあたりを照らすと、ドア1つに南京錠が3つ付けられている。均はひとつずつ、慎重に開けていく。2つ目までは順調だったが、3つ目がどうやっても開かない。何度も挑戦してみるものの、一向にだめだった。時計を見ると、残りあと5分しかない。

すると均は先に開けた2つの南京錠を元あった通りに締め、おもむろに服を脱ぎだし全裸になった。そして懐中電灯を消し、部屋の隅にうずくまり息を殺した。
――俺は5分以内にこのドアを開けることはできない。でも2時までに封書を持ち出せと言っている以上、2時に誰かが来て封書があるかどうかを確認するはずだ。その時は必ずドアを開ける。その一瞬が唯一のチャンスだ。それには服が擦れて出る音が最大の障害になる――。

2時になると、懐中電灯を手にした点検官がやってきた。点検官はポケットから鍵をだし、2つの南京錠を開けると、懐中電灯を床に置き、両手でバールを持った。そして、均がどうしても開けることのできなかった南京錠を壊し始めた。3つのうち一つは、そもそも開かない鍵だったのだ。

部屋の隅でその様子を観察していた均は、封書を奪うチャンスを待っていた。鍵を壊した点検官は床にバールを置き、代わりに懐中電灯を取り上げると、ゆっくりとドアの中を確認した。封書はなくなっていた。

点検官が、区画内を舐(な)めるようにして封書を探している頃、均は教官室の扉をノックした。

「入れ」

「封書を持って参りました」

「なに？　見せろ！」

均が手渡した封書は、確かに地下に置いてあったものだった。

「補助教官が、今点検に行っている。会ったか？」

「はい。私には気付かなかったと思います」

「なに……、どうやって開けたんだ」

均は、無言のまま一呼吸してから言った。

「言いたくありません」

「今、何て言ったんだ？」

「言いたくありません」

教官は、均の目を凝視しながら深呼吸をすると、首を上下に小さく動かしながらゆっくりと言った。

「合格！」

これは解錠の試験ではなかった。何とかしてしまう能力の試験だったのだ。開錠の技術を学んだ後の試験で、はなから開かない鍵があると考える者はまずいない。なんとかして3つ目を開けようと、学んだ知識をフル活用している間に確実に時間切れになる。教官は、まさかこの課題をクリアする者が出ると思っていなかった。だが、どうやって均が封書を取り出すことができたのか、追及することはなかった。なぜならそれは均がその瞬間に出した答えであり、人や状況が変われば最適な解は変わっていく。均が出した答えを正解として他の生徒に学ばせても、均のような人間を育成することにはならないからだ。試験はどんな状況でも諦めず、なんとかする思考を目的としていたが、教官の前に立っていたのは実際になんとかしてしまった男だった。

均の着校後しばらく経った中野学校の印象も、「わりと大したことない……」だった。

中野学校では、空き巣ばかりではなく、教育に必要とあればどんな人物でも登用した。ナイフ・ファイトの教官は、日本語がまったく喋れないメキシコ人だった。白人とは違う浅黒い肌の色、彫りの深い顔に冷たく光る目、そこから放たれる、突き刺すような視線が印象的だった。

拳銃の教官は、13歳の少年だった。彼は上海生まれの日本人で家族は全員殺されたが、拳銃の腕だけで、上海の暗黒街で生きていた。上海で日本陸軍に保護され帰国し、中野学校で拳銃を教えていた。均も小さい頃から親戚が経営する牧場でライフルを扱い、射撃には自信を持っていたが、この少年は別格だった。鏡を使って背後にある人形の頭部に弾着させたり、頭上に投げたリンゴが空中にある間に何発も当ててみせたりした。それらの教育は、校内にあるバーに見立てた実弾射撃場で行われた。

ある日の課題は、電気を通した鉄条網の突破だった。いつもどおり午前中に教範に従い座学を受け、午後になると実習に移行した。屋外に集合した生徒たちは、地表から30センチほどの高さに縦横無尽に鉄条網が敷かれた30メートル四方ほどのエリアを、できるだけ短時間で突破せよと命じられた。端から一斉にスタートした生徒たちは、午前中の座学で学んだことを忠実に活(い)かしながら、少しずつ進んでいった。感電しないように手袋をつけてペンチで鉄条網を切断する者、地面に穴を掘って鉄条網に触れないように匍匐(ほふく)前進する者、様々だった。鉄条網の鋭い針は容赦なく皮膚を切り裂く上、微弱な電流とはいえ少しでも触れればたちまち感電する。

生徒が午前に習った技術で鉄条網と格闘する中、教官たちは反対側のゴール付近で生徒の到着を待つ。どんなに早くても30分はかかると知っている教官たちは、いつものように談笑を始めた。するとそこに、

「伊藤、到着しました！」

という声が響いた。一斉に教官たちは声がする方を見た。そこには直立不動の均の姿があった。

「何⁉　ちゃんとあそこを通ってきたのか？」

「はい！」

「嘘をつくな！　こんなに短時間で突破できるわけないだろう！」

「嘘ではありません。これを使いました」

均が両手に持っていたのは、ふたつの小さな座布団だった。

「何だそれは⁉　何で座布団なんだ」

「これを順番に足の下に敷いて渡ってきました」

「なに！　さっき教えたことは、どうした！」

「座布団は電気も通さず、鉄条網の針からも守ってくれます。素早く安全に渡って来れました」


教官の言葉も、無理はなかった。午後の実習は、午前の座学で学んだことを実体験させる場だったからだ。鉄条網を切る、ペンチで尖った先端を曲げる、地面を掘るなど、生徒は各自が学んだ技術をひとつひとつ確かめながら、ゆっくりと進んでくるはずだと思っていた。ところがそんなことはまったくおかまいなしに、独自に編み出した方法で驚くべき速さで突破してきたのが均だった。均の背後には、四苦八苦しながらやっと真ん中くらいまで進んだ生徒の姿があった。

予想外のできごとに、ほとんどの教官は「なぜ、教えてやったとおりやらないんだ」という怒りの表情だった。現にこれが予科士なら「授業内容をおろそかにした」ときつく叱責されるが、中野学校は違った。しばらく考え込んでいた主任教官は、こう教官たちに命じた。

「実習を中止しろ。教範が間違っている。すぐに作り直せ」

中野学校には、目的のためには手段を問わない自由さがあり、決められた通りに物事を行うことがよしとされる軍隊教育の中では、明らかに異質だった。ここでは学んだことをどれだけ覚えていても、それだけで評価されることはない。学習や思考の量よりも、結果をだすことが求められた。集団行動に求められる従順さや指導に対する素直さが重視されなかったのは、どんな状況になってもたった1人で任務を完遂しなくてはならない秘密戦にまったく役にたたないからだ。

任務の遂行を第一とし、あらゆることに縛られず最適な解を選び出し、迷うことなく実行できる人間の育成を目指した中野学校の教範でさえ、均の行動によって何度か書き換えられた。

均の中野学校の印象は、「やっぱり大したことない……」だった。

ある時、南方方面の最前線に出撃するため、輸送船の出港待ちで都内の練兵場に駐屯している師団の師団長を1人で殺害せよという課題が出された。

昭和19年の秋、庶民の物資は乏しかったが、軍隊に酒は存分にあった。夜ごとに宴会が開かれ、17時を過ぎると師団長を含む司令部の参謀たちは、2階にある大広間で酒を飲んでいた。1階には士官専用のコック長が若い兵士を使って酒や食事の準備をしていた。

仲間が師団長に近づこうとして次々と失敗する中、均はまず1階の区画に赴き、裸電球の下にいたコック長に堂々と声を掛けた。

「新入りの者でございま～す。2階よりお酒を持ってくるように言われました！」

「さっき持っていったばかりじゃないか……」

またかという表情で、コック長はやかんを指さして若い兵士に聞いた。

「まだ、ちょっとぬるいだろ⁉」

「いや。大丈夫です」

「よし、持っていけ。かなり重いぞ。大丈夫か」

童顔な均は17歳といっても中学生のように見える。均は酒がなみなみと入った大きなやかん2つを両手で持ち、わざと少しふらつきながら階段を上がっていった。

大広間の前に着くと、そこには三八式歩兵銃を持つ歩哨（ほしょう）が2名立っていた。

「お酒を持って参りました！」

「おお、ご苦労さん。大丈夫か？　開けてやる」

歩哨は扉を開けて、先に中に入って均を促した。短い廊下の先に襖（ふすま）があった。

「お酒をお持ちしました」

均の声に、襖の向こうから「入れ」と応えがあった。

しかし襖を開けようにも、両手は大きなやかんで塞がっている。酒を床に置くべきかどうか迷うそぶりをしていると、困っている均に気づいた歩哨は持っていた銃を脇に置き、丁寧に両手を添えて襖を開けた。襖の向こうには、座卓を挟んで酒を酌み交わす将校たちが7人。正面にいるのが師団長だろう。均はやかんを置くやいなや、傍にあった歩哨の銃をとり、師団長の胸元に向けて言った。

「師団長！　戦死です！」

すると部屋の片隅にいた、赤い腕章をした将校がキッパリと言った。

「状況終わり。師団長閣下、これにて演習を終了とさせて頂きます。ありがとうございました」

均が本当の敵なら、銃を師団長に向けた瞬間に引き金を引いているだろう。つまり「1人で師団長を殺害する」という課題をやり遂げたことになる。

丁寧に銃を歩哨に返す均を、その場にいた全員があっけに取られて見つめていた。

青ざめた顔で呆然と立ち尽くしている歩哨の横を過ぎ、均はその場を後にした。出撃前の師団長にとって、生徒の演習は余興のようなものだった。まだ経験の浅い学生が自分の殲滅にのぞみ、ことごとく失敗していく様子はいい肴（さかな）だった。

しかし自分の部下、２万人の一個師団全員に守られていたはずなのに、胸元へ歩哨の銃を突きつけられた師団長は言った。

「中野学校というのは、こんな奴を養成しているのか……。あんなのが10人いれば、この戦（いくさ）、勝てるかもしれん」

## 5　暗殺命令――一九四四年（昭和十九年）

「明朝０９００（マルキユウマルマル）、教官室へ出頭せよ」

授業が終わり教室を去ろうとしていた教官は、周りに聞こえないように均に告げた。耳聡（みみざと）い級友の樫村（かしむら）は、教官の姿が見えなくなったことを確認してから均に声を掛けた。

「伊藤、また呼び出しか」

「ああ」

「だいぶ慣れたろ」

帰り支度をしながら、樫村は冗談を言って笑った。均もそれにつられて口元が緩んだ。教官すら思いもつかぬ方法で課題をクリアし、連日次のステップに移行していく均の噂は学生の間に少しずつ広まっていた。秘密戦を学ぶ者として互いの身分は詮索しないことになっていても、クラスで何度か顔を合わせていれば互いの名前を覚え、世間話のひとつもするようになってくる。樫村もその1人だった。

「また何かやったのか」

「いや。心当たりはない」

「もしかしたら、こないだの暗号じゃないか」

数日前、暗号に関する授業があったが、クラスの中で均だけが全問正解だった。秘密戦にとって暗号は非常に重要な技術だ。機密性の高い情報ほど、複雑な暗号化が施される。それを解読するには暗号化と同等の複雑な作業が必要であり、それは決して敵に知られてはならない。解読の鍵は、解読する者の頭の中だけに存在することが最も望ましいとされていた。

「ばれたんじゃないか。壁に貼ってあった木札がさ」

黒板の横の壁には、雑務の係を記した木札が貼ってあった。午後の実習が始まる前、均はそのうちの1枚を、暗号のキーワードを書いたものに差し替えていた。人並外れた視力を持つ均は、教壇に立つ教官から次々と問題を出されても、横にある木札を見ればすらすらと答えることができた。教官はまさか自分の背後にカンニングペーパーがあるとは思いもしない。

「札は授業の後、すぐに外したぞ」

カンニングが悪いことなどと微塵(みじん)も思っていない均は、表情を変えずに言った。そのどこまでも堂々とした様子はいつも笑いを誘ったが、樫村はあらためて均が自分を含む級友にはない「何か」を持っていることを感じていた。

教官室に入ると、均を含め3人が呼ばれていた。すでに到着していた2人はどこかで見た顔だが、名前は知らない。教官に促され、3人は無言のまま大きな机を囲むように立った。3人の顔を順番に確認した教官は、大きな地図を広げて静かに言った。

「これより図上演習を行う」

机の上の地図は、支那大陸のものだった。東の端に小さく鎮座している日本列島をみると、支那の広さを痛感する。地図をよくみると陸軍の勢力範囲や要衝、敵の陣地や前線が書き込まれていた。

「今回の作戦は、蔣介石暗殺だ」

地図を見つめていた3人は、驚きの表情で顔を上げた。蔣介石は、均の先輩にあたる。かつて均と同じ陸軍予科士官学校生だったからだ。蔣介石は早寝早起きで勤勉、酒も煙草もやらない高潔な人柄で知られ、敵になっても尊敬を込めて「蔣介石閣下」と呼ぶ日本人もいた。

「蔣介石はいま成都にいる」

　教官は、地図の中央を指し示した。国民党の政府が移ったとされる重慶より、成都は西にあった。作戦は日本の占領下になっていた長江の港町、宜昌から始まる。

「宜昌から空路で丹巴に向かい、パラシュート降下。現地で釣り船を入手し、揚子江を下る。康定、石棉を経由し、楽山に着いたら船を捨てて陸に上がれ」

　地図上では簡単に行けるような錯覚を覚えるが、宜昌から丹巴までは飛行機で１１００キロ、釣り船での移動は３５０キロだ。

「楽山から蔣介石がいる成都までは１５０キロ。ここは徒歩となる。途中、３回仲間の接触があるので、細かい指示はその時に受け取ることになっている。ここまでで、質問はあるか」

　地図を眺めていた１人が口を開いた。

「閣下（蔣介石のこと）は成都のどちらにおられるのですか」

「そんなことは、その時になってみないとわからん。すでに現地で活動している仲間が、お前たちにその時の最新の情報を知らせてくる。それをもとに自分で決めろ」

　他の者も続いた。

「暗殺の方法は、決まっているんでしょうか」

「そんなもん決まっていない。状況に合わせて自分で決めろ」

「武器は現地調達ですか」

「当たり前だ。無論、現地の仲間が協力するが、足りなければ、その場で作れ」

暗殺を警戒する蔣介石は、人間に何重にも取り囲まれた状態で移動していた。もし異変があれば、まわりの人間は蔣介石を中心に外側を向き、腕と腕を組み円陣をつくる。その円陣は5重以上になるが、敵に抵抗せずに陣形を維持し続け、自らの肉体で銃弾や爆発物を留める。その人間の盾を突破し、中心にいる蔣介石の命を奪うにはどんな方法があるのか。均は考えを巡らせた。

遂に均も質問した。

「私は、支那語ができませんが、大丈夫なものですか」

「まったく問題ない。チベット方面から船で揚子江を下ってくる、言葉が通じない乞食は幾らでもいる。それに紛れながら移動しろ。成都にたどり着いたらチベット人の医者のふりをしろ」

ここまで話した教官は、少し離れた自分の机に戻り、煙草に火を点けた。机によりかかって煙をくゆらし、作戦内容を消化しようとしている3人の表情をさりげなく観察した。

「続けるぞ。作戦実行後は、成都から徒歩で都江堰（とこうえん）を経由し、蘭州（らんしゅう）に向かかえ。距離は100

０キロほどだが、３０００メートル級の山越えになる。麓で装備を調達するのを忘れるな。問題がなければ1週間ほどで着くだろう。蘭州では、現地の協力者である馬青という男がお前たちに接触してくる」

山越えと聞き、３人ははっとした。そこには地図を眺めているだけではわからない、過酷な地形が広がっていた。回族が多く暮らす蘭州は、シルクロードの文化を匂わせる文化と貿易の中継地である。

「蘭州からは、馬青が手配したキャラバン隊の一員となり、和田を目指せ。そこで仲間から指示がある。その後は、最終目的地であるカシュガルだ。蘭州からカシュガルまでは３０００キロ以上ある。ラクダに乗って砂漠を進む、長い旅になるだろう。カシュガルに着いたらそこで待っていろ」

説明を終えた教官は、３人の顔を順番に覗き込んだ。全員が図上演習の名のもとに実作戦の命令を受けていることは判っていた。

１人が訊ねた。

「カシュガルでは、何を待つのですか」

「何を？　そこが日本になるから、それを待っていろ」

３人は作戦のスケールを思い知った。教官は表情を一瞬崩して言った。

「まあ焦らず待て。現地で結婚するのもいいだろう。チベット人の医者なら、引く手あまただ。現地では、どんなものでも薬になるそうだ。仁丹を飲ませれば、大抵の病気は治るらしい」

誰も笑わなかった。冗談ではなく、現実の話だからだ。

「出撃の期日については決まっていない。おって指示する。準備に万全を期せ」

均は暗殺命令を受け入れた。チームは全部で何人なのか、なぜ自分が呼ばれたのか。それはわからなかったし、興味もなかった。予科士の先輩で高潔な人物と評判の蔣介石を暗殺することに罪悪感はあったが、親日政権を率いる汪兆銘の暗殺に関わっていたなら当然だろうとも思った。最後は、「戦争をしてるんだ。いろいろあるだろう」で気持ちの整理はついた。

ただ不思議だったのは、この日を境に自分の興味が完全に変わってしまったことだ。中学生になっても、開戦になっても、空襲で目の前で級友が爆殺されても揺るがなかった——化学者になってノーベル賞を取る——という目標に興味がなくなった。傍目から見れば、学問を目指していた青年が、戦局の悪化で国策に殉じるため夢を諦めたという、美談に思えるが、その実はまったく違った。

遵法精神の欠如、常識の欠落、人間性の歪み。それまで指導という名の矯正や圧力の中で生きてきた均の評価は、陸軍中野学校で正反対になった。ここの教官だけは、均を絶賛した。

指導、教育、訓練では身につけることのできない才能がある。常人では思いつかない、人間の心理の裏を突く発想。それに相まって毒物、爆発物の作成から取り扱い、使用、事後処理に至るまで申し分のない知識と経験を有しているからだ。

自分の能力をフルに活かせる世界が、突如として目の前に現れた。均は、まるで野球選手が自分の可能性を試すためにメジャーリーグに渡るような、ワクワクするような気持ちで蔣介石暗殺に傾倒していった。

## 6 軍籍剝奪(はくだつ)——一九四四年（昭和十九年）

大東亜の建設を目指して始めた戦いは4年目に突入した。新聞やラジオ、街中に掲げられた標語は「更なる決戦」とうたっていたが、食糧や物資の不足で憔悴(しょうすい)しきった市民には、12月8日の開戦記念日を祝う気力は残っておらず、首相官邸で記念の晩餐会(ばんさんかい)が開かれたという新聞の見出しを目で追うだけだった。

昭和19年末からは、空腹だけでなく空襲の恐怖も加わった。ドーリットル空襲以降、帝都が敵機に脅かされることはなかったが、昭和19年11月24日、マリアナ基地を飛び立ったB-

29、101機が品川、杉並、江戸川を襲った。3日後の27日には81機が襲来し、原宿をはじめとした市街地が狙われた。総力戦を覚悟していたとはいえ、実際に頭上から爆弾が落ちてくるということは、人々に死を一気に身近なものにさせた。B－29に放たれる高射砲は高高度を飛ぶ敵機に届かず、繰り返す発射音と空に描かれる弾幕は滑稽で物悲しい花火のようだった。

凍てつく風が吹き始めた12月のある日、均は放課後教官室に来るよう命じられた。日が暮れて薄暗くなった廊下に、ドアの隙間から微かな灯りが漏れていた。

「入ります」

使い古された真鍮のドアノブは、冬の冷たさをまとっていた。ゆっくりとドアを開けると、部屋の奥に置かれた机に向かう谷口少佐がいた。机の前まで行き、敬礼する。

「おう、来たか」

少佐は机の上に置かれた書類に目を通し、均を見た。

「貴様はここにきてから4ヶ月だな」

「はい」

「予科士とは何もかも違って、驚いただろう」

「はい。軍人らしくするなと言われて面食らいました」

「もう慣れたか」

「はい」

秘密戦に必要な「軍人らしくない仕草、風貌（ふうぼう）」とはいったいどういうものなのか、中野で学ぶ全員が試行錯誤していた。

「急な話で驚くと思うが、貴様には軍籍を抜いて地方人（民間人）に戻ってもらう」

均は、少佐の言葉が理解できなかった。なぜ軍籍を抜かなくてはならないのか、その理由が思いつかなかったからだ。次の言葉を出せずにいると、少佐が口を開いた。

「なぜ地方人に戻されるか、わかるか」

「見当もつきません」

少佐は、射抜くような視線で均を見つめながら、ゆっくりと言葉を絞り出した。

「日本は、負ける」

敵機の侵入を許し、爆弾を落とされる現状に、国民の多くが日本の負けを感じ始めていたが、決して口に出す者はいなかった。

「日本が負けたら、占領軍が真っ先にすることは秘密戦に関わった者たちの捜索だ。ここで学んだ者は、間違いなく処刑されるだろう。貴様なぞ、血眼（ちまなこ）で探される。蒋介石の暗殺命令が下ってるんだからな。容赦するはずがない」

「はい……」

「ご苦労なことだ。負けた後、この国はどうなるんだ。占領軍にどんなことをされるんだ。俺には想像もつかんし、それを見ることはないだろう。しかし貴様は死んではいかん。生きて作戦を続行するんだ。そのために早めに地方人にする」

日本が負けた後、自分が生きている気のない少佐の心中が伝わってきた。ふと均の脳裏に、特攻隊員との会話が浮かんだ。あの時も「貴様には生きて、老いぼれと女子供が食える国を作ってほしい」と言われた。

「軍籍を抜いて貴様の軍隊での記録を一切抹消する。予科士にいたことも、ここにいたこともなかったことにする。自分で言う分には構わんが、書類から貴様にたどり着くようなことがないようにはしておく。今からどれくらいこの国がもつか判らんが、手続きは早ければ早いほどいい」

「わかりました」

「ここを出たら、地方人（民間人）の学生になれ」

「どこの学校ですか」

「行きたいところがあるのか」

「はい。可能なら東京工大を希望します」

「それは何故だ」

「化学を勉強したいからです」

あっという間に気持ちを切り替えた均は素直に答えた。

「馬鹿者。敗戦国の人間に、そんなことを勉強させるわけがない」

化学をはじめとする技術は、国家を大きく発展させる。戦勝国は日本が二度と自分たちに歯向かうことができない弱い国になるよう作り替えようとする。支配者による日本の改造は教育の隅々にまで及び、国力が勝手に衰退するようにすると少佐は読んでいた。

「駄目でしょうか」

「駄目に決まっている。しかし化学が好きなら写真はどうだ。最近の天然色乳剤は高度だと聞いているぞ」

気が付くと外は真っ暗になっていた。乾いたケヤキの落ち葉が風に舞い、地面でかさかさと音を立てていた。

「貴様は4月から東京高等工芸学校で写真を学ぶ。いいな」

「はい」

「東京高芸は願書提出が1月、試験は3月だ。確実に合格しろ」

「わかりました」

「以上だ。明日昼頃、また来い。軍籍に関わる書類をまとめておく。貯金通帳を持って来るのを忘れるな」

翌日、教官室に行くと少佐の姿はなく、若い将校から紐でまとめられた書類一式を渡された。そのまま持ち帰ろうとすると、裏庭に行くように促された。何か手続きがあるのかと思い、そのままついていくと、竹の熊手を持った用務員が、庭の真ん中で何かを燃やしていた。近づくと大量のケヤキの枯葉と一緒に、たくさんの書類が燃やされていた。

「その書類もここで抹消することになっている。通帳も持ってきたな」

将校は、目の前の燃え盛る火の中にすべて投げ入れろと言った。束の中には軍歴を示す軍人手帳や、さまざまな書類があった。貯金通帳を燃やしたら俸給はどうなるのかと一瞬躊躇したが、均は言われたとおり一気に炎に投げ込んだ。書類の束が地面に落ちた瞬間、風が巻き上がり、その後ちろちろと炎が端からなめ始めた。予科士と中野学校を合わせてたった8ヶ月ほどだったが、色濃く積み重ねた軍隊生活が炎と共に煙になって空に昇っていくのを均はじっと見つめていた。

「これですべて終了だ。ご苦労だった」

もしかすると目の前で一緒に燃えていた書類は、均と同じように軍籍を抜かれ民間人として再出発を命じられた中野学校の生徒のものだったのかもしれない。しかしそれを聞くことなく、均は中野の門を後にした。

## 7 田町駅──一九四五年（昭和二十年）

昭和20年になると、日本の各地で空襲警報が日常になった。幼児が蟻をみつけては踏み潰そうとするかのように、悠々と飛んできた米軍機は焼夷弾の雨を降らせ続けた。「空襲恐るるに足らず」という言葉のもと、市民は街中の防火漕に水を溜め、シャベルやバケツ、濡れた筵を備えて街を守る消火訓練を重ねていたが、敵が投下した圧倒的な爆弾の下では悲しいほど無力だった。ヒューッという甲高い音をさせながら降り注ぐ無数の焼夷弾が引き起こす炎は徐々にまとまり、巨大な火柱の竜巻となって地上の一切を灰にしながら轟音とともに進む。火柱の竜巻は、人々の断末魔の叫びを深夜の空に吸い上げていった。

均が通う東京工業専門学校（東京高等工芸学校から改称）は、田町駅の南側にあった。現在は東京工業大学附属科学技術高等学校となっている場所だ。陸軍に在籍した過去を消し、民間人として受験したのが3月。無事に合格を果たした均は、4月から印刷工業科写真工業部の学生として学び始めていた。

8月8日の朝刊で、広島への新型爆弾投下が報じられた。現地では相当な被害が出ていたが、2日経っても詳細は目下調査中としか紙面には書いていなかった。あらゆる物資が不足する中で、市民にニュースを知らせる新聞や雑誌は、どんどん紙の量を減らしていた。

いつものように授業を終えた放課後、均は田町駅に向かって歩いていた。東京は重なる空襲を受けても、まだ汽車と市民は動き続けていた。戦時下にあっても活動を止めないということは、人々が生きている証だった。

「君、伊藤君だね?」

そこにはカーキ色の軍服を着た若い憲兵が立っていた。年の頃は22歳くらいだろうか。ぎこちないシルエットから、まだ軍服が身体に馴染(なじ)んでいないことが伝わってくる。夕方の太陽が、白い手袋を明るく照らしていた。

「はい。そうです」

「少し話をしてもいいかな」

「はあ」

憲兵はポケットから煙草を出し、均に勧めた。均が丁寧に断ると、自分も吸わずにそのままポケットにしまった。

「広島の新型爆弾の件、知っているかい」

「ええ。今朝の朝刊で読みました」

「大変なことになっている」

「そのようですね」

「陸軍も現地に入っているが、被害は甚大(じんだい)だ」

「そうですか……。これから先、各地に新型爆弾が落ちることになるんでしょうか」

「それはまだわからない……。伊藤君、この戦争は負けた」

もしやと思っていたことを、はっきりと告げられた。憲兵の口調は一切の感情を排した、淡々としたものだった。

「いいかい、日本が負ければ占領される。軍人はもとより、民間人もどんな目に遭(あ)うかわからない。男は無論のこと、女子供ですらどうなるかまったくわからない。その中で占領軍が血眼になって探すのは、密命を帯びている者だ。国際法など一切無視して調べ上げ、片っ端から逮捕、処刑するだろう」

均は黙って聞いていた。

「伊藤君、君は、その最先鋒(さいせんぽう)の1人だ」

「一切の軍歴を抹消してあっても……ですか？」

均の脳裏に、中野学校の裏庭で焼かれた書類と通帳の光景が浮かんだ。

「軍部は君の情報を抹消したが、組織の情報というのはどこかに必ず隙（すき）があるものだ。簡単なことではない」

「わかりました」

「何かあれば、行方をくらますことだ。どこへ逃げればいいかは、君ならわかるだろう」

「ええ。問題ありません。ところであなたはそれを伝えるためにここへ？」

「そうだ。この戦争は、俺たちが終わらせる。しかし、戦いは終わらない。戦（いくさ）を始めた理由がなくなったわけじゃないからだ。それどころか、焼け野原になった国土を復興するという新しい戦いが加わる。だから、君は占領軍に何が何でも捕まって貰（もら）っては困るんだ」

「はい」

「君はしなければならないことがたくさんある。下達（かたつ）されている命令は却下されていない。『実行の時機は後令』となったまま生きている。それと同時に国土復興の戦いが、まもなく始まる」

均は、ゆっくりと瞬きをしてうなずいた。それを確認した憲兵は急に話題を変えた。

「ところで学校の勉強はどうかね。写真工業部にいるんだろう」

「ええ。写真の現像に使う、新たな薬品を勉強しています」

「それはいいね。勉強ができる環境というのは素晴らしい。実は俺も軍人になる前は大学にいたんだ」

「そうだったんですか。どちらの大学に？」

「帝大の法学部だった。司法の道を目指していたんだけどね。今は憲兵だ」

憲兵は苦笑しながら白い腕章を引っ張った。腕時計をちらりと見た憲兵は言った。

「では、そろそろ失礼する」

「そうですか」

「では伊藤君。伝えたよ」

笑顔と共に去ろうとする憲兵に尋ねた。

「まだお名前をうかがっていませんでした」

「俺は、梶原（かじわら）」

「梶原さん。わざわざありがとうございました」

「いえ。ではこれで失敬」

## 8 汝臣民それ克く朕が意を体せよ——一九四五年（昭和二十年）

「今日も暑くなりそうだね」

手ぬぐいで顔を拭きながら、廊下にいる五郎が窓の外を眺めて言った。

「左様ですね」

盛夏の庭を眺めつつ、均は歯磨き粉を歯ブラシにまぶしながら答えた。

廊下には朝の涼しい空気がわずかに残っていたが、窓ガラスを隔てた外はすでに夏の朝日に暖められた空気が膨張し始めていた。広い庭には何本も畝が作られ、ナスやキュウリ、トマトが実っていた。地面を這うように茎をのばしているのは、カボチャとサツマイモだ。畑の端には、茎の両脇に堅い実をつけはじめたトウモロコシが一列に並び、てっぺんに誇らしげな花を咲かせていた。照り付ける日差しから逃げ場を探すように葉がしんなりと下を向き始めると、庭の木からじりじりとアブラゼミの鳴き声が聞こえた。

「今年は随分と野菜ができたものだ」

「お母様とねるりが頑張った甲斐がありましたね」

「以前は薔薇だ菊だと花のことばかり言っていたが、野菜作りも上手いもんだ」

広い庭は、食糧不足の中で大いに役立った。美しく咲き誇っていた季節の花々はすっかり姿を消し、家族の食を支える実用一辺倒の畑に姿を変えていた。

「均、今日は正午に重大放送があるようだね」

「はい」

「ソ連の参戦と2発の原子爆弾だ……」

「軍部はまだ『死中活あるを信ず』と言っていますが……」

「死中な……」

五郎は改めて窓の外の畑を眩しそうに眺めてから、朝食が並ぶ居間に向かった。

いつもと同じ時間に均は家を出て、学校のある芝浦に向かった。均を乗せた汽車はいつもと同じように田町駅に停車して乗客を吐きだし、新たな客を乗せて次の駅に向かって進んでいく。戦時下にあってもつつがなく運行される鉄道は、これまでもこれからも、ずっと同じ日々が続くような錯覚を引き起こす。駅舎を出ると、日差しの強さに一瞬目の前が真っ白になり、均は目を細めた。足元に映る影は、小さく濃い。すべてを蒸発させるようなぼんやりした陽炎の中で、歩みに合わせてついてくる影に、均は自分の存在を確認していた。

教室に着いた均は、雑談している友人たちに声を掛ける。

「おはよう」

「おう、おはよう」

鞄を机に置き、均も会話に参加する。

「伊藤、今日正午に重大放送があるんだよな」

「らしいな」

「なにか聞いてるか」

「いや。何も」

「まだまだ軍部はやるつもりさ。ラジオで国民一層の決意を促すんだろう」

「原子爆弾の2発ぐらいで国体護持は揺るぎません、か」

「そうさ。これまで一億玉砕の覚悟でやってきたんだからな」

「となると本土決戦への戦意高揚の演説か」

「かもな。俺たちもいつまでこうして勉強していられるかわからんぞ」

始業のベルが鳴り、それと同時に教官が入ってきた。出席簿を教卓に置き、生徒を見回して言った。

「みな知っていると思うが、本日正午にラジオで重大発表がある。時間になったら、全員校庭に集まるように」

炎天下の校庭で直立不動し、代わり映えのしない軍人の勇ましい演説を聞かされると思った生徒たちは、うんざりした気持ちで窓の外を眺めた。

頭上にきた太陽は、校庭をじりじりと焼いていた。朝礼台で校長をはじめとした数人の教官が訓辞を述べてから、そばに置かれたラジオのスイッチを入れた。正午を告げる乾いた時報の後、アナウンサーの声が聞こえた。

「只今より重大なる放送があります。全国聴取者の皆様御起立を願います」

均たちは眩しさに耐えながら、すでに全員直立不動だ。額から流れ落ちた汗が一瞬で消える校庭の土は、影ごと自分の存在を吸い取ろうとしているように乾いていた。

「天皇陛下におかせられましては、全国民に対し、畏くも御自ら大詔を宣らせ給う事になりました。これよりつつしみて玉音をお送り申します」

「玉音」という言葉に学生たちは驚き、みな息を呑んで顔を見合わせた。君が代が終わり数秒の沈黙の後、陛下の肉声が聞こえてきた。

「朕深ク世界ノ大勢ト帝国ノ現状トニ鑑ミ………」

ラジオを通じて全国に発せられた玉音は、5分ほど続いた。漢文の表現は難解だったが、「堪へ難キヲ堪へ……忍ビ難キヲ忍ビ……」という言葉は、ノイズの中でもはっきりと聞こえた。大詔がすべて読み上げられた後、再度君が代が流れた。

「謹みて天皇陛下の玉音放送を終わります」

国民が陛下の肉声を聞いたのは、これが初めてだった。しかし途切れることなく放送は流れても、大詔の意味を細部までしっかりつかんでいる者は少なかった。ラジオのスイッチを切った教官の「以上。解散」という言葉で、その場にいた全員が散り散りになった。

教室に戻った学生たちは、陛下の真意を推しはかった。

「おい、さっきのお言葉、いったいどういう意味だ」

「漢文だと細かいところがよくわからんな……」

「『堪え難きを堪え、忍び難きを忍び』と仰っていたよな」

「ということは負けたのか。日本は」

玉砕という言葉にさえも日本の善戦の欠片を見つけようとする習慣が国民に蔓延する中、陛下自らが国民に語る玉音の異様さは、日本の敗北を痛感させるのに十分だった。

「日本は負けた」という言葉のリアリティに、みなしばらく呆然としていた。

「街では号外が出ているんじゃないか」

「そうだな。早く読みたいよな」

「今日はこの後、授業があるのか」

「さっき教官は何も言ってなかったな」

「解散というのは、もう帰っていいってことじゃないよな」

事実を一刻も早くつかみたい生徒たちは、帰宅命令を待ってそわそわし始めた。

「日本が負けとなったら、連合国に占領されるな」

「そうだな。あのドイツも今は占領下だ」

「あれだけ新兵器を開発していたドイツでも、連合国には勝てなかったってことさ」

ドイツの新兵器といえば、空中の飛行機すら焼き尽くす殺人光線や、ガソリンではなく水素を燃料とした戦闘機が当時の新聞で紹介されていた。高性能の新兵器を開発できる科学技術を持つドイツは、決して負けることはないと思われていた。

「日本もドイツの後を追うことになるのか……」

学生たちの脳裏には、さらに蹂躙（じゅうりん）される帝都の情景が浮かんだ。さっきの放送が日本の降伏だとしても、すぐに本土攻撃が止む保証はなく、3発目4発目の原子爆弾が落とされるおそれがあると考えていたからだ。もし帝都に原子爆弾が落とされれば、すべてが一瞬で蒸発するだろう。

会話を黙って聞いていた均に、級友が話を振った。

「そういえば伊藤、貴様こないだ原子爆弾について話していたよな。日本に原子爆弾はないのか」

「すぐ使える爆弾という意味なら、ない」

「それはどういうことだ」

　均は、自分の知っている原子爆弾の知識を披露した。中野学校でも新型兵器のひとつとして、教官が原子爆弾に触れる機会があった。帰宅命令を待ち手持無沙汰な級友を前に、さらさらと黒板に原子爆弾の構造を描き始めた。均が黒板いっぱいに描いた図は、新聞や授業では知ることができない原子爆弾の仕組みを表していた。

「やはり通常とは大きく異なる新型爆弾なんだな」

「米国はあと何発持っているんだろうか」

「伊藤、そうはいっても、実はこっそり原子爆弾を作っていないのか」

　質問に答えるかたちで、各国同様日本の軍部も原子爆弾の開発に注力していたこと、原料となるプルトニウムは国内で調達が可能であり、岡山と鳥取の境の人形峠にあるウラニウム鉱山で採掘できたことにも触れた。なぜ日本で原子爆弾を作れなかったのかといえば、遠心分離機のブレない軸ができなかったためと均は見ていた。級友たちは澱みない説明に舌を巻くと同時に、均の前歴にただならない何かを感じたが、日本の敗戦という大きなニュースの前でそのインパクトは霞み、誰一人深く追及することはなかった。

　やっと教室にやってきた教官は、午後の授業がなくなったことを告げた。呆然とした表情の教官は、それ以上言わずに静かに教室を出ていった。均は宮城に寄ることにした。

田町から山手線に乗り東京駅で降りると、美しかった煉瓦造りの駅舎は、5月の空襲で焼け落ちた屋根の骨組みも露わに黒焦げになった無残な姿をさらしていた。行幸通りから和田倉門に入ると、そこにはたくさんの人が集まっていた。砂利が敷かれた地面にひれ伏し泣いている女性、背丈よりも大きな日の丸を掲げて立ち尽くす男性、母親の横で礼儀正しくお辞儀をしている子供たち。みな一斉に宮城の方を向いていた。あちこちから聞こえてくる声は、いずれも陛下に敗戦を詫びるものだった。

均も宮城に向かって、長いお辞儀をした。それは——終戦の詔にうたわれている陛下の意を、よく理解しました——という意味だった。

均が周囲の人々のように、敗戦という衝撃に呆然自失にならなかったのは、事前に聞かされていたことも大きかったが、日本が戦ってでも守ろうとしたもの自体は、何も変わらないのだから、自分の生き方自体を変える必要はないと考えていたからだった。

——まずは、この焼け野原で生きる人たちが、ちゃんと食える国にすることだ。それまで、この頭と身体を思い切り使おう。別に大したことじゃない——

均は、少し微笑みながら宮城に背を向けた。

玉音放送を聞き終え、宮城へ着くまでの間、いったい何を考えていたのかを父に聞いたことがある。

「ああ、よかった。戦に負けてよかったたって思ったよ」

「えええ……」

戦時中に受けた「蔣介石暗殺命令」を、解除命令を受けていないと言って、戦後30年間いつでも実行できるように準備をしていた父からそんなセリフが出てくるとは思ってもいなかった私は、驚愕のあまり声がでた。

「負けてよかった⁉　なっ、なんで？」

「あんなバカ共が、国の中枢からいなくなるからだ」

「バカ共って？」

「軍人だよ」

「えっ。自分だってそうじゃん……」

「当時のほとんどの男の子は、陸軍士官学校か海軍兵学校に憧れ、そこを目指した。全国の誰もの目標だった」

「いいことじゃないか、優秀な人材が集まるんだから……」

「全然いいことではない。彼らが、なぜ目指したか判るか？　自分が行きたいからじゃないんだぞ。自分が軍人に向いているからでもない。周囲が喜ぶからなんだ。両親、親戚、学校の先生の自慢のネタになる。要するにステイタスだったんだ」

「それが、いけないの？」

「軍人というのは、死ぬことと、殺すことが仕事だ。向き不向きが、明確に分かれる数少ない職業だぞ。生まれつき己の命より大切なものを持っている者でなければできない。それを他人が喜ぶ？　褒められる？　ステイタス？　そんなもんで自分の職業を選ぶ奴が力を持ってみろ、自分のために使うに決まっとる」

「そういうことか……。ちょっと想像がつかないけど……」

「想像がつかない？　簡単だよ。今も何も変わっちゃいないからな」

「今の軍人？　自衛官が当時と同じ？」

「違うよ。東大を目指して、官僚、医者、弁護士になったり、政治家になろうとしてる奴、あの時の軍人と同じ顔しとる。残念ながら、この国は、社会的地位の高い職種にそういう奴らが群がってくるんだ。おまえさんのところもそうだぞ。海軍さん（父は海上自衛隊をこう呼んでいた）の地位が上がったら次の戦も負けるよ」

# 4章　占領と混乱

## 1　もく拾いの元締め――一九四五年（昭和二十年）

世間の価値観は一瞬にして正反対になり、戦時中を遥かに超える混乱がやってきた。その中にあっても決して変わることがなかったのは、強者の意を過剰なまでに忖度し、その威の中で弱者を容赦なく叱咤する輩の存在だった。

均が衝撃を受けたのは「鬼畜米英」「一億玉砕」と、当時の強者を忖度し拳を突き上げていた者が、翌日には手のひらを返したように次の強者に忖度し、「国に騙された」「戦争にかり出された」と昨日までの強者を非難し始めたことだった。

ラジオから聞こえるものが、臨時ニュースから歌謡曲へと変わっていくなか、焼け焦げた死体が散乱していた場所は露店街となった。そこでは生きるために必要な物資を探し求める者と、そこにカネの匂いを嗅ぎつけた者の欲望が重なり合い、需要と供給が絶妙なバランスを保ちながら発展していった。

均が歩いている新宿のマーケットは、木枠の骨組みに葦簀を掛けて雨風をしのぐだけの粗末な露店の集合体で、店先には、靴、服、金物、雑貨など、生活物資が並べられている。大衆食堂では、破れた軍服とリュックサックを背負った復員兵が、目深に帽子をかぶったまま、すいとんをかき込んでいる。地面に置かれた七輪の上では、赤犬の肉を焼く匂いが人々の食欲を刺激し、その横を風呂敷包みをかかえた人が駅に急ぐ。

この当時の男性は、ほぼ全員が喫煙者で、駅構内であろうが病院であろうが、歩きながら吸っているのが普通だった。なのに道に吸い殻が落ちていることはない。なぜなら「もく拾い」という仕事があったからだ。地面に落ちている吸殻を拾い集めてほぐし、残っていた煙草の葉を集めて巻き直して売る。どこのマーケットでも、もく拾いがリサイクルした闇煙草が売られている。

均は地べたで闇煙草を売る男の中に、見知った顔を見つけた。均に気づいた男は、いつものように顎で通りの裏を指した。

「おお、今日もずいぶん頑張ったじゃねえか」

男は均が手渡した袋を開け、中に詰まっている煙草の本数を数え終えてから小声で言った。

「駅の近くには、洋もくがたくさんあったぜ」

洋もくというのは、進駐軍が吸うラッキーストライクのことだ。吸い残しが多く、味が良いので国産のものより高値がついた。

男が、闇煙草の代金を均のポケットに突っ込んだ時、マーケットの奥から女の嬌声が聞こえてきた。声の方を見ると、派手な服を着た女が米兵に肩を抱かれて笑顔で歩いている。通りに停まったジープには同じような2人組が乗っていて、運転席にいる米兵が早く来いと急かしていた。

僅か3ヶ月前に特攻隊を涙で見送っていた女たちの記憶はモノクロなのに、いま均の目の前にいる女たちはカラーで見えている。敗戦という現実を受け止め、逞しく現実を生きる女たちが色つきで見えたのは、懸命に生きる者のみが放つ、彩りのなせるわざだった。

「おい」

何かを思い出したように、さっきの男は立ち去ろうとした均に声をかけた。

「俺には関係ねえけどよ。もく拾いにだって、シマ（縄張り）というのがあるんだ。お前、狙われてるぜ、気を付けろよ……」

「はい」

「もく拾いにとって、吸い殻は現ナマと同じだ。それをかっさらって行く奴をあいつらは容赦しねえからな、気を付けろ。早く行きな……」

均は黙ってうなずくと、今の西武新宿の方向に歩き始めた。

駅に着くと10歳から15歳の少年たちが均を待っている。

「均さん。どうだった」

均がそっとポケットの中にある紙幣を見せると、彼らは無言のまま目を輝かせた。この少年たちは、いずれも戦争で頼る家族を亡くした戦争孤児だった。みなぼろぼろの服を着て、カミソリのような目で終始食べられるもの、金目のものを探しているが、均に見せる笑顔には少年らしいあどけなさが残っていた。

「今日はちょっと多いね」

「ああ、洋もくが結構あったからな」

「明日からは、GIが女を連れて歩く場所を狙うよ」

少年たちは、もく拾いの仲間だった。均は闇煙草の代金をそこにいた人数で割り、1人ずつ手渡した。少年たちは左の手のひらに置かれた紙幣の上に右手を重ね、顔の前に持ってくると目をつぶり、祈るような仕草をした。

「均さんに頼むと、俺らが売るより高いから助かるよ」

「今日は洋もく様さまだ」

少年たちの顔に安堵(あんど)の表情が浮かんだ。少年たちが闇煙草を売ろうとしても、足下を見られ二束三文でしか買い取って貰(もら)えないからである。

「俺、今日はこれでうどんを食う」

「豪勢だなあ」

「俺は芋でも買って帰るよ」

「均さん。俺たち、明日はもっと集めるよ」

「明日からやり方を変える。いいか、拾う時はかがむんじゃない。他のもく拾いにばれるからな」

「どうすればいいんだい」

「明日までに俺がいい道具を用意する。それまで絶対に拾うな。俺たちは狙われている」

翌朝、均は細い1メートルほどの竹竿の先に針をつけたものを持ち、待ち合わせ場所に現れた。

「いいか。この竹竿の根元を脇の下にグッと突き刺すようにして、手を一杯に伸ばし、腕を振らないようにして歩けば目立たない。行くのはどうせ雑踏だ、見えやしねえ。吸い殻を見つけたら身体をかがませず、針先で吸い殻を刺すんだ」

均は、やってみせた。

「ほら、簡単だろ。よし、稼ぎにいくぞ、18時集合だ」

少年たちは自分の食い扶持だけを稼げばよかったが、均はそうはいかない。父、母、妹、弟を食べさせなければならなかった。敗戦の色が濃くなるにつれ、空襲から逃れるために子供たちは疎開し、学徒動員で学生たちも次々と戦地へと赴き、塾と下宿屋の収入は途絶えていた。さらに、ロシア文学かぶれの五郎は何度も特高警察（特別高等警察。政治運動や思想を取り締まる内務省直轄下の警察機構）に逮捕され、「アカ」（共産主義者のこと）のレッテルを貼られてしまったので、まともな仕事に就くことができなかった。それまでの蓄えでなんとかやり過ごしていた家計は、敗戦と時期を同じくして行き詰まった。

8月15日に「生きる人たちが、ちゃんと食える国にする。別に大したことじゃない」と張り切ったものの、その日のうちに均は自分の親妹弟を食べさせなければならないという問題に直面した。そこで始めたのが「もく拾い」である。餓死者が出るほどの混乱期で、就職難という言葉を遥かに超える仕事のない時代に、18歳の専門学校生が父母妹弟の生活費を稼ぎだすことは、伊藤均をもってしても簡単なことではなかった。

ある日、均がいつものように大量の闇煙草を抱えてマーケットに行くと、あの男の姿がない。代わりに店番をしていた男に声を掛けた。

「おそれいりますが、良さんはどちらでしょう」

「良？　あいつは捕まっちまったよ」

「いつですか」

「2、3日前かな。一斉に手入れが入ってよ」

「そうですか。じゃあまだ留置場ですか」

「知らねえよ。ところでお前さん、もくを売りにきたんだろ」

「はい」

「いつもまとまった量を持ってくるんだってなあ。今度からよ、バラバラの紙にスカスカに巻いてくるんじゃなくて、白い紙にキッチリパンパンに巻いてきてくれ。金は2倍だす。今までみたいな安っぽい煙草はもう誰(だれ)も買わねえんだよ……」


この頃になると煙草の値段は2倍、新兵器により集めてくるシケモクの量も2倍になっていた。母を亡くした少年の家では、シケモクをほぐす係、紙を用意する係、巻く係がいて小さな卓袱台(ちゃぶだい)の上には、次々と生まれ変わった煙草が積みあがっていく。闇煙草の収入は、少年たちの空腹を癒(いや)した。大人が巻くのと違い、小さな少年の手で巻いた煙草は繊細で美味(うま)いと評判だった。

どん底までは下る一方で、どこまで、いつまで、下るのか判(わか)らないので、不安と恐怖しかない。しかし、一旦(いったん)「どん底」という一瞬を過ぎてしまえば、上る一方になる。たとえ、再び下ることがあっても、どん底より下になることはない。

だから「どん底」と呼ぶのだ。

均は、この国の経済が早くも回復の兆しを見せ始めたことを知った。

——何だ……。俺がシャカリキになる前に「どん底」が終わっちまったじゃねえか——。

## 2 用心棒——一九四六年（昭和二十一年）

日本は、GHQの手により別の国に作り替えられていった。2600年という膨大な時を経て、先祖が気候や風土に合わせて伝え続けてきた習慣や価値観がすり替えられていった。癒えることのない空腹と、抜け殻のような魂で漂う人たちは、勝者のためにおし進められる変化に希望を見いだしていたが、それは後に、民族の尊厳を全否定する自虐史観となっていった。


「おい、伊藤ちゃうんけ」

闇市の買い出し客であふれる新橋(しんばし)駅の雑踏で、聞き覚えのある声を聞いた。均は押し寄せる人の波に抗(あらが)い、声の主を探す。容赦なくぶつかってくる買い物客の大半は、みすぼらしい身なりで目だけがギラギラと光っている。声の主が見つからず、人混みを抜けて露店の横で一息つくと、こちらを向いてニコニコしている復員兵がいた。

「吉田か」

「えっとぶりじゃな」

笑顔の吉田は、均の予科士時代の同期だ。

「貴様、生きてたのか」

「ああ。昨日、戻ってきた。東京は随分、やられてしもたんやな……」

吉田が部隊実習の名目で戦地に送られた時の東京は、それほど空襲の被害を受けていなかった。

「どこからだ」

「ビルマだ」

「よく帰ってきたな」

「ところで貴様、腹減っとらんけ。わい、今日まだ何も食うとらんのじゃ」

時間は3時を過ぎた頃だった。少し前に、ラジオから時報が流れていた。専門学校が引けて街をぶらぶらしていた均も、昼食をとっていなかったことを思い出した。

「じゃあ、うどんでも食うか」

「おう」

２人は闇市の人混みをかき分けて進む。敗戦を経ても国民が買える量と値段が決められた配給制度は続き、すべての物が不足していたが、闇市にはなんでもあった。光り輝く銀シャリ、新鮮な肉や魚、その先ではモンペ姿に頬被りをした中年女性が、米軍からの横流しであろう果物の缶詰を並べている。けたたましい鳴き声がする方をみると、首に値札をつけた立派な雄鶏が脚を繋がれている。しかしそれらは一般庶民では到底出せる金額ではなく、人々はうらめしく眺めるだけだった。

２人は通路の端にあるうどん屋に落ち着いた。無愛想な店主は２人を一瞥すると、２つのどんぶりを出して手早く盛った。

「へい、お待ち」

湯気の立つうどんが目の前に置かれた。肉入りや卵入りの店もあったが、２人の前にあるのは麺が数本浮かぶだけのどんぶりだった。屋台の端では、吉田と同じような復員兵が何人もうどんをかき込んでいる。呆けた顔、美味そうな顔、苦虫をかみつぶしたような顔、それぞれが、それぞれの事情の中で生きている。均たちも彼らと同じように、熱いうどんを啜り始めた。

「伊藤。貴様はどうしよったんな。振武台から東部第33部隊（陸軍中野学校の正式名称）に出向になっとったじゃろ」

「行ったんだが、途中で軍籍を抜かれた」

「はあ？　貴様、ほこでもなんかやったんけ」

吉田は驚き、箸（はし）を持ったまま均を凝視した。均はその表情に見覚えがあった。根が真面目（まじめ）な吉田は、均の破天荒な言動をヒヤヒヤしながら眺め、教官が去った後にたしなめる男だった。戦地を経験しても変わらない吉田の表情に、均は懐かしい気持ちと安堵が湧（わ）いた。

「そうじゃない。学生になるように言われたんだよ」

「ほな貴様、戦（いくさ）には行っとらんのけ」

「ああ。去年から東京工業専門学校の学生さ」

均は胸に着けた学校章を見せた。

「中野に行ったぐらいじゃけん、てっきりソ満国境あたりで活躍しとる思うたけんどな。ほなけんど内地で無事じゃったんは何よりじゃ。こうやって会えたんじゃけんな」

吉田はうどんの汁を飲み干し、どんぶりを置く。少し遅れて均もどんぶりを置いた。

「ごっつぉさん」

2人は代金をカウンターに置き、次の客に席を譲って、また雑踏の波に乗った。

「内地に戻ってきた気がするわ」

「そりゃそうだろ、ここは東京だぞ」

「ちゃうわ、伊藤は外地へ行っとらんけん、わからんじゃろうけど、さすがじゃ……。さすが日本じゃわ」

「なにがだ」

「後払いなんよ、どんな貧しゅうても。たまにゃ食い逃げする奴もおるじゃろうけんど、あんな治安の悪いとこにあるうどん屋でもな、後払いなんよ。外地ではあり得んぞ。食う前に払わされるわ。この呑気さで戦に負けたんかもしれんけど、なんかええな……。この国」

「吉田、貴様はこの後どうするんだ」

「家に帰るわ」

「郷は、たしか徳島だったな」

「ほうじゃ。あっちは東京ほど焼かれとらんはずじゃけん。お袋と姉は、相変わらず畑仕事しとるじゃろう。貴様の家は大丈夫け。中野じゃろ」

「空襲で少し焼けたが、なんとか無事だ」

「ほうか、ほな家族もみなあんじょうしよるんけ」

「ああ。人数がいる分、食い物が大変だ」

「どこもほうじゃろう。このご時世で家も家族もあるんは、奇跡みたいなもんじゃ。浮浪児を見たわ。毎日餓死者が出とるそうじゃ。狩り込みされても、すぐに逃げ出すらしいわ」

狩り込みというのは、家族を失い駅や街頭で物乞い(ものごい)をしている浮浪児を保護という名目で収監することだ。日本中が食糧不足の中では、保護された施設の食事の方が酷く(ひどく)、脱走して物乞いに戻る浮浪児が多かった。均は鞄(かばん)に入っていた闇煙草を数本取り出し、吉田に渡した。

「やるよ」

「闇けぇ。貴様、紙巻き飲むようになったんけ」

「俺は飲まんが〝工場〟を持ってんだ」

その意味を理解した吉田は笑った。

「相変わらずじゃなあ。伊藤は」

「〝従業員〟もたくさんいるよ」

「あはははは、そりゃええわ」

談笑しているうちに、２人は新橋駅の改札に着いた。

「ほなな。今日は思いがけず会えてほんによかったわ。ほうじゃ、学生じゃったら夏休みがあるじゃろ。夏んなったら、徳島に来んで。何もないとこじゃけんど、歓迎するわ。少なくともこっちより食うもんはあるで」

「徳島には、行ったことがないな」

「ほな来いよ。休みが近うなったら、手紙くれ。途中まで迎えにいったるけん」

「ありがとよ。考えとくわ」

改札を抜けた吉田は東京駅へ、均は新宿駅へ向かった。夏の再会を約束して別れた2人を、ホームの人混みがあっという間にかき消していった。


国民服姿の均は玄関で靴を履いていた。傍らには大きなリュックサック。横にはねるりが立っている。

「お兄様、吉田さんのところへは何時ごろ着くの」

「そうだなあ。東京駅を2時過ぎに出るから、明日の午後になるんじゃないか」

「そんなにかかるの」

「ああ。空襲にやられて汽車の本数がだいぶ少なくなっているからな。時刻表通りに行かないだろうし」

「岡山から、船で四国に渡るんでしょう」

「そうだ。高松までは船。そこからまた汽車だ」

「徳島ってどんなところなの。私、阿波(あわ)おどりくらいしか知らないわ」

「うーん。俺も初めて行くからなあ。吉田の家は、徳島から少し離れていて、まわりは田畑ばかりの田舎らしい」

「ふうん。徳島の夏も、東京みたいに暑いのかしら」

靴を履き終えた均は、立ち上がってリュックを背負い、帽子を被(かぶ)った。

「おや、もう出る時間かい」

台所から顔を出した母が、手ぬぐいで手を拭(ふ)きながら玄関へやってきた。

「気を付けていっといで。吉田さんのお宅に、よろしく伝えとくれ」

「はい。では行って参ります」


予定より早めに東京駅に着いた均は、改札を出て少し散策することにした。去年の8月15日に焼け焦げた姿をさらしていた駅は、大きく様変わりしていた。屋根には進駐軍の鉄道司令部を示すＲＴＯ（Railway Transportation Office）の3文字が大きく掲げられ、構内の案内にはどこもかしこもローマ字が書きこまれている。この頃、進駐軍は日本からめぼしい客車を接収し、自分たちだけの輸送を行っていた。一等客車や寝台車、展望車は白線をまとった茶色に塗り替えられ、連合軍の将兵とその家族を運んでいた。

東京駅をはじめとする全国の主要な駅では、日本人は立ち入ることができない切符販売所や旅行案内所、待合室が整備され、天井が高く広い空間には豪華なソファがゆったりと置かれていた。栄養が行き届いた艶々とした顔色のアメリカ人が、談笑しながら煙草を燻らす空間からは、食糧を求めて奔走する栄養失調の日本人を眺められるようになっている。

均は午後2時発の汽車に乗った。時刻表通りに運行できたとしても、岡山に着くのは翌朝の9時前。そこから宇野線に乗り換え宇野駅へ向かい、宇高連絡船で瀬戸内海を渡り、高松へ。吉田が待つ南小松島駅に着いたのは、夏の日差しが濃さを増す午後だった。

「おう、よう来たな」

改札の向こうで、太陽を遮りながら吉田が手を振った。首にかけた湿った手ぬぐいが、四国の暑さを物語っていた。

「迎えに来てもらってすまんな」

「かんまん、かんまん。どうな、東京からは遠かったじゃろ」

「まあな。途中、進駐軍の汽車を何度か見たよ」

「毛唐専用のピカピカの一等車じゃろ。わいも東京から戻るときに見たわ。食堂車と展望車がついとんのに、中はガラガラじゃったわ」

均は自分が乗ってきた汽車は窓から人が乗り込み、天井にも乗っていたことを思い出した。

吉田は喋りながら、道の端に停めた古い自転車を引っ張りだした。

「後ろに乗ってくれ」

「いいのか」

「おう。うちまでは10分くらいじゃわ」

均が乗ると、タイヤが沈んだ。吉田が重そうなペダルを漕ぎだすと、自転車はギイギイと音を立てながら南へ向かった。からからに乾いた道はすぐに青々とした田畑の風景に包まれ、地面は２人の濃い影を映す。牛を飼っている家が多いのか、牛糞の臭いに乗ってのんびりとした鳴き声が聞こえた。

「着いたぞ」

畑の中に点在する農家のひとつに、自転車が停まった。大きなかやぶき屋根が強い日差しを遮っていた。吉田に促され、土間のある建物に向かう。

「ただいま戻りました」

「ああ、戻ったん。あれ、伊藤さんは」

土間で作業をしていたのは、吉田の母だった。その奥には吉田の姉。２人は手ぬぐいのほっかむりをとりながら、均たちの方をみた。

「はじめまして。伊藤です」

「まあまあ、遠いところ、ようおいでなしたねえ」

「御厄介になります」

そういって均はリュックから米の入った布袋を取り出し、母親に渡した。食うや食わずの中では自分が食べる分の米は旅先に持参するのが常だった。

「こっちは農家じゃのに、気い遣わせてすまんねえ」

「いえ。こちらこそこんな時期にお邪魔して恐縮です」

母親は米袋を両手で大事そうに抱え、姉の千恵子(ちえこ)に渡すと、空の一斗缶に静かにしまわれた。

「ほな母さん、わいら母屋に行くけんな」

「ああ。落ち着いたら伊藤さんに風呂(ふろ)入ってもらいなよ。その後、夕食にするけんな」

土間の奥にある竈(かまど)では、いくつもの鍋(なべ)から湯気があがり、美味そうな匂いが漂っていた。

汗を流してさっぱりした均と吉田は、居間で寛(くつろ)いでいた。

台所から次々と料理を運んでいた千恵子が、ビールを盆に載せて持ってきた。それを見た均は、小声で吉田に言った。

「おい、ビールなんていいのか。貴重だろう」

「ええんじゃ。今日は伊藤がおるけん特別じゃ」

吉田の視線の先には、仏壇があった。そこに置かれた2つの位牌(いはい)は、吉田の父と兄だ。酒好きだった父は支那大陸で、兄は南方で戦死していた。料理を運び終わった千恵子は、卓袱台の横に座ってビールの栓を開け、小さなグラスに注いだ。グラスは3つあり、ひとつは仏壇に供えられた。

「このうちで、男はわい1人になってしもうたよ」

そういって吉田はビールを一気に飲んだ。均も無言でそれに続く。冷たくほろ苦いビールの味が、ほてった身体に染みこんでいった。開け放たれた縁側で、夕方の風が風鈴を小さく鳴らした。

「まあ、こんなんしかないけんど、ようけ食べてってつかあさいね」

卓袱台には吉田の母と姉が作った田舎料理が並んだ。4人が揃い、和やかな食事が始まった。

「伊藤さんのお話は、次郎からよう聞いとったでよ。朝霞で同じ区隊におったんじゃろう」

「ええ。いつも次郎さんに叱られていました」

「おいおい」

みんな一斉に笑った。千恵子がビールを注ぎながら訊ねた。

「次郎に叱られるって、なにしに……」

「私は突拍子のないことをする性格なもんですから、まじめな次郎さんをはらはらさせていたんです」

「あらまあ。お堅い軍隊でも、突拍子のないことができるもんなんえ」

「はは、伊藤は最初から、みなとちっと違うとったけんな。ほれ、いつか振武台の小屋をめいだことがあったじゃろ」

それは、均が化学の教官と議論になり、「証明してみせろ」と言われた時のことだった。均はある身近な液体を交流で電気分解することで、爆発力の高い可燃性ガスを作ることができると主張したが、教官は夢物語だとして譲らなかった。そこで均は敷地内にあった物置小屋に実験器具を設置し、電気分解で発生した気体を一晩掛けて小屋に充満させた。そして日の出と共に窓から差し込む紫外線で起爆させ小屋を跡形もなく吹っ飛ばしてみせた。

「そういえば、そんなこともあったな」

目を丸くした千恵子が漏らした。

「爆破なんてして。処分されなんだんえ」

「なんでか、ならなんだよな、伊藤」

「そうだな。不思議だな」

2人は当時を思い出し、顔を見合わせた。

「あの後、貴様は、中野に行くことになったじゃろ。今考えたら、あの爆破もそのほかんことも、結局貴様の中野行きを促したんちゃうかと思うんじゃ」

「そうか」

「ほうじゃ、伊藤は多分上層部が欲しい何かをもっとったんじゃろ。ほんなけん、中野に行ったんじゃ」

2人の空になったグラスにビールが注がれる。

「ところで東京はどうなんです？　やっぱし今でも食べもんはいっこも足らんのですか」

「去年よりはましですが、闇市がなければ生きていけません」

「ここら辺にも、都会から物々交換においでる人がおるんでよ。こないだも立派な着物を持ってきた人がおってね。ほなけんど田舎じゃ毎日畑仕事やけん、派手な着物を着ていくとこもないんじょ。村の人は気の毒やけんって、米や野菜と交換したらしいんやけどね」

「そうですか。うちでも母と妹は、毎日食べ物の話ばかりです。父と弟は、闇市の相場に詳しくなってきました。あちこちまわって、少しでも安い店を探すんです。いったいどこから持ってきたのか、どこの闇市も百貨店のような品揃え（しなぞろえ）です。ウィスキーや缶詰、化粧品。舶来の贅沢品（ぜいたくひん）もたくさんあります」

「母さん、この辺に闇市はないわねぇ」

「ほうやなぁ。うちはお金はないけんど、食べるもんは作れるけん恵まれとるんじょ。都会の人は大変じょ。早うみなが満足に食べられるようになってほしいもんじょ」

夕食が済んだ均と吉田は、縁側で月を眺めていた。田んぼの上を通ってきたひんやりとした風が頬に心地よい。

「飯、美味かったけぇ」

「ああ。いろいろ用意してもらってすまないな」

「東京生まれには、食うたことないもんもあったんちゃうんけぇ」

「ああ。サツマイモと小豆を煮たのは、初めてだったな」

「あれはいとこ煮っていうんじゃ」

「この辺ではよく食べるのか」

「ほうじゃ。おふくろの得意料理のいっこじゃ」

襖（ふすま）越しに母が声を掛けた。

「次郎。おまはんら、まだ寝えへんの」

「もうちっとしたら、寝るわ」

「ほな、うちらは先に休むでよ。伊藤さん、おやすみなさい」

「おやすみなさい」

「お前、いまは毎日畑仕事なのか」

「おう。ほなけんど、たまに他で働いとる」

「どこかに勤めているのか」

「いんや。船に乗る仕事じゃ」

船と聞いた均は、来るときに乗った連絡船を思い出した。

「あの連絡船か」

「似たような感じじゃな。船で卵を運んどるんじゃ」

「どこへ」

「三宮(さんのみや)じゃ。ここら辺の農家を回って集めた卵を、三宮に届けるんじゃ」

「ってことは、闇か」

「ほうよ。伊藤の煙草と一緒じゃな」

当時、卵は貴重品だった。法外と思われる値段をつけても、端からあっという間に売れていく。農家から闇市に流れる物資は、吉田のような運び屋が支えていた。瀬戸内海の向こう側では、神戸(こうべ)駅と三宮駅を結ぶ2キロほどの高架下に闇市がひろがり、ありとあらゆるものが取引されていた。三宮駅の近くはあらかたがれきが退(ど)けられていたが、通りを一本外れるとまだ空襲の爪痕(つめあと)が色濃く残り、バラックの横に作られた畑では、ひょろひょろと伸びた野菜の苗の脇に、熱で溶けたガラス瓶や、歪んだフレームが赤錆だらけになった自転車が、コンクリートの塊と混ざって地面に顔を出していた。

「儲かるのか」

「ぼちぼちじゃなぁ。畑仕事だけじゃったら、3人は食うていけけんけんな」

「次はいつなんだ」

「明後日」

「おもしろそうだな。俺も行くよ」

均には、厄介になるからには何か仕事を手伝おうという気持ちと、運び屋への純粋な興味が半分ずつあった。関西の闇市も覗いてみたかった。


早めの朝食を済ませた均は、吉田の家族に丁寧に礼を告げ、家を後にした。食糧不足の中であたたかい食卓でもてなしてくれた母と妹は、三宮へ出発する均の姿がみえなくなるまで手を振っていた。

朝もやをかき消すような鶏の雄叫びを浴びながら、2人は近所の農家を一軒ずつ回る。吉田はおがくずの入った木箱に、とれたばかりのまだ温かい卵を受け取り、慣れた手つきで代金を渡す。あっという間に均の背負子の木箱は卵でいっぱいになった。2人乗りの自転車は、大事な卵が割れないように慎重に走り、港に向かった。後ろに乗った均が訊ねた。

「いつも卵だけなのか」

「頼まれたら、鶏もたまに運ぶ」

「米や野菜はやらないのか」

「ほれは別な奴がやっとる。ちゃんと役割が分かれとんじゃわ」

港に着くと小さな船が待っていて、2人はすぐに乗り込んだ。船を操縦するのは、吉田と同じ部隊にいたという男だった。同郷のよしみで戦地で意気投合し、一緒に仕事をするようになった。均たちを乗せた船は海に滑り出した。三宮までは9時間だ。均は静かに背負子を床に置き、腰を下ろした。海原しか見えなくなった頃、船の片隅に日本刀があることに気づいた。

「なぜ刀があるんだ」

「これけぇ、たまに襲われるんじゃ」

「誰に」

「荷を狙う奴等じゃ」

「卵が狙われるのか」

「ああ。卵運びも時々命がけなんじゃ」

均は日本刀を持ち、10センチほど抜いてみた。海上の日差しを受けて、刃が鋭く光った。

「この刀はわいが持ってきたんじゃ。亡き親父の物じゃ」

「使ったことは」

「いんや、まだない」

刃こぼれひとつない刀は、輝きを放っていた。吉田が運び屋を続ける陰には、物資の争奪戦があった。闇市という違法な行為は、荷を奪われても公に訴えることはできない。もっとも占領下においては、警察は無力だった。例えば白昼、若い女性が米兵の集団にさらわれても、警察官は悔しい表情を浮かべて黙ってみていることしかできなかった。秩序が崩壊した社会では、力がない者は生きるために必要な物を手に入れることができず、あっけなく死んでいく。そしてたとえ手に入れられても、強い者に見つかれば容赦なく奪われる。弱肉強食の渦が都市のあちこちに生まれていた。

遠くに神戸港が見えてきて、30分もすると船は人気の少ない岸壁に接岸した。先に岸に上った吉田が、均から背負子を受け取り、あたりを見回した。均も後を追った。

「迎えがくるんだよな」

「ほうよ。市場に並ぶんは陽が落ちてからになるけん。どんどん値段が上がっていくけんおもろいぞ」

「なくなるまで値が上がり続けるのか」

「いんや。夜中の12時過ぎたら、値段が下がっていくんじゃ。みな日が変わると商売を終わらせたくなるけんな」

しばらくすると、遠くからジープがやってきた。運転しているのは加瀬(かせ)という男だった。荷台には木箱に入った米軍の横流し品がたくさん積まれていて、車が揺れるたびに酒瓶がガチャガチャと音をたてた。2人より少し年上の加瀬と吉田が出会ったのも戦地だった。明日の生死が知れない状況下では、心の繋がりは強固になる。「国に戻れたら、必ず連絡してくれよ」という約束を果たし、いつしか闇市で一緒に稼ぐ仲間になった。

「おう、待たせたな。今日はどのくらいや」

「いつもと同じくらいですね」

「ほうか。お疲れさん」

吉田は背負子から箱を出して荷台に置くと、蓋(ふた)を開けて割れていないか確認してから奥に押し込んだ。加瀬が数えたしわくちゃの紙幣が吉田に手渡される。吉田は札を数え、右のポケットにねじ込んだ。加瀬は煙草に火をつけながら、腕組みをして海を見つめていた均をあごで差した。

「そいつは誰や」

「予科士の同期やった伊藤です。今日だけです」

「どこの奴や」

「東京です。いま夏休みなんで」

「このご時世に夏休みとはなぁ。どっかのぼんぼんか」

加瀬は、均を上から下まで眺め、馬鹿にした笑みを浮かべた。険悪な空気を察知した吉田がすかさず言った。

「伊藤は射撃の名手なんです。予科士では３００メートルで全弾黒点に命中させとりました」

「ほう。自分は、射撃が上手(うま)いんか」

話の矛先が自分に向いた均は、顔だけをゆっくりと動かし、冷め切った視線を加瀬に向けて言った。

「まあ……。外したことは一度もない」

「でも撃ったのは的やろ」

「的以外を撃つバカが何処(どこ)にいるんです。的といっても紙じゃないんで、血は随分でましたがね……」

加瀬の表情が変わった。吉田が畳みかけた。

「加瀬さん、伊藤は中野学校出ぇなんです」

終戦間近にソ満国境で行方知れずになった加瀬の兄も、陸軍中野学校の出身だった。加瀬の目に、均への興味が滲(にじ)んだのがわかった。

「自分、いつ東京へ戻るんや」

「いつでもいいんです」

「ほんならちょっと三宮に寄っていけへんか、ええ仕事があるで……」

いきなりの誘いに、吉田は焦った。

「ちょっと加瀬さん、伊藤に何させる気ぃです」

「自分の連れに勝手にすまんなぁ。実は、オヤジの用心棒を鍛えてほしいんや。これからひと悶着(もんちゃく)やのに、あいつらヘタレでほんま、使い物になれへんからな」

均を巻き込みたくない吉田が、この場を丸く収める断り方を必死で考えている横で、均は平然と答えた。

「何人ですか」

「6人や。手間賃ならようけはずんだるで」

「やりましょう」

「ほう……。値段は聞けへんのかいな」

「私の腕をみてから、決めりゃいい。木っ端ゼニをケチると命を落とすことくらい、闇市で稼ぐあなたが知らんはずがない」

加瀬は均を見つめ、無言のままゆっくりと首を縦に2回振った。

「吉田、伊藤先生借りるで。自分も乗れや」

3人を乗せたジープは、三宮に向かった。港を出て街に向かうにつれ、真新しいバラックと人の姿が増えていく。運転する加瀬に聞こえないように、吉田が小声で話し始めた。

「伊藤、ええんか」

「ああ。おもしろそうじゃないか」

「相手は半島の奴らぞ」

「三宮ならそうだろう」

「気ぃ付けぇよ。あっこは無法地帯じゃけんな。東京とはちゃうぞ」

慌ただしく別れを告げ、吉田は卵を抱えてジープを降りていった。徳島に戻るのは真夜中になるのだろう。

古いビルのガレージにジープを停めた加瀬は、均を連れて街を歩き始める。高架沿いには違法のバラックがびっしりと立ち並び、闇市を形成していた。店の数は1500軒ほど。東京の闇市との違いは、大陸や半島の人の多さだ。まるで喧嘩をしているような中国語や朝鮮語のやりとりは、客との値段交渉なのだろう。人だかりに囲まれた屋台では、大きな鉄鍋の蓋が開くと、弱火でじっくりと焼かれた白い饅頭（まんじゅう）がびっしりと並び、鮮やかな手つきで店主が大量の小葱（こねぎ）をふりかける。その先にある露店では、炭火に落ちた脂でいぶされ、香辛料の香りを放つ串焼（くしや）きが売られていた。

高架下からわき道に入ると、2人は焼け残ったビルの2階へ上がった。加瀬が廊下の先にあるドアを開けると、中にいた男たちは一斉に立ち上がり、初めて見る均に刺すような視線を浴びせた。加瀬が朝鮮語で何かを言うと、男たちは出ていった。加瀬は均に椅子（いす）を勧め、窓際にある棚からウィスキーを取り、テーブルにあったショットグラスに注いだ。

「舶来のジョニ黒や。まあ、飲めや」

「はあ」

口に含んだウィスキーは、さっき闇市ですれ違った米兵と同じ匂いがした。

「いま通ってきた闇市は、全部わしのシマや。同じ闇市でも東京とはだいぶちゃうやろ」

「この辺は支那人や朝鮮人が多いですね。さっきここにいたのも……」

「ほうや、あいつらは朝鮮人や、今じゃ一緒に働く仲間や」

「加瀬さんは支那大陸組だそうで」

「ああ。華南（かなん）で吉田とおうた。戦友っちゅうか、逃げ帰る時に意気投合したんや。お互い生き残って日本に戻れたんは、ほんま奇跡やで。ところが戻ってきたら、辺りは焼け野原でそこら中をアメ公が偉そうに歩いとるやんか。家もないし、食うもんもない、仕事もない。ないない尽くしの毎日じゃ、闇市で食っていくしかないんや。アカン、アカン、日本人と話しとったら愚痴っぽくなってまうな」

「オヤジという人は、この近くにいるんですか」

「ああ。目と鼻の先や。荷物はここに置いていかんかい」

2人はグラスを空け、ビルを出て再び雑踏にまぎれた。三宮駅に着くと、加瀬は改札の向こうを指さした。

「オヤジの事務所はあの奥や。切符は買わんでええ」

切符を持たない2人を、駅員は見て見ぬふりで通した。駅構内を奥へ進んでいくと、大きなドアの前でたむろしていた2人のチンピラが深々と頭を下げた。

「兄貴は、おるか」

「はい。どうぞ……」

以前は貴賓室だったのだろうか。絨毯（じゅうたん）が敷かれた広い部屋には、重厚な木製の家具が並び、応接用のゆったりしたソファとテーブルが置かれていた。その手前で男が10人ほど立って談笑している。聞こえてくるのは、すべて朝鮮語だ。ソファに一人だけ座っていた男が、加瀬に気づいた。

「おお、兄弟どないした」

男の名は金城。30代後半くらいで、真っ白な麻の開襟シャツを着ていた。がっしりとした身体つきに日焼けした顔と視線の強さが印象深い。

「こないだ頼まれた教官。適任者が見つかったんで連れて来たんや」

「あいつが？　まだ子供やんけ」

童顔で中学生のように見える均を眺めて、金城は呆れた。

「使えんのか、あいつ」

「伊藤っちゅう名でな、ああ見えて、中野を出とうみたいや。話してみたらすぐ判んねんけど、普通やない。間違いないやろう」

加瀬に目配せされ、均は金城に近づいた。

「伊藤さんですか。わしは金城や。あいつらを強うしてほしい」

金城はその組のナンバー2、あいつらというのは部屋にいた男たちのことで、彼らは組長の用心棒だった。当時の神戸は、戦争の勝者である連合国でも、敗者である日本側でもない、第三者を示す第三国人と呼ばれた中国人、朝鮮人、台湾人が混乱に乗じて闇市で勢力を伸ばし、あちこちで衝突していた。組長は真っ先に命が狙われる存在であり、それを守るためにどの組織も用心棒を雇っていた。

「彼ら、朝鮮語だけですか」

「いや。片言の日本語やったらいける。日本語でええ」

均に気づいた男たちは、険しい視線を向けた。舌打ちしながらしきりになにかを話している。が、時折起こる笑いで馬鹿にしていることは伝わってくる。日本が戦争に負ける前は、日本人には決して見せなかった態度だ。

金城が均を紹介した。

「伊藤せんせや。今から自分らを鍛えてくださる。よう言うこと聞いて、腕ぇあげんかい。自分らの出番は近いど」

「はい！」

金城にどやされ威勢よく返事をしたものの、6人とも均を見る目は冷ややかだった。均が近づくと、さらに視線は険しくなった。全員が腰に下げた銃に手を掛けて、撃つ気をみなぎらせている。均はため息まじりに言った。

「そんなんじゃ、抜けねえよ」

「われ、誰や」

「もう忘れたのか？　あんたの兄貴分が言ってたじゃないか。伊藤だ」

均は目の前の男の腰のあたりを見ながら言った。

「ホルスターが下過ぎる。もっと上げた方がいい」

「このガキが」

「それじゃ、銃を抜く前に殺られるよ」

「なめとんのか」

「なめちゃいねえが、それじゃ何にもしねえうちに死ぬよ」

相手の顔が少し怯んだ。

「死なんわ」

「いや、死ぬ」

「なめとんか！　ダボ！」

「だから、なめちゃいねえよ。試してみるか」

「何を、何を試すねん」

「どっちが先に引き金を引けるかだよ」

「おお、やったるわ」

一触即発の空気の中で場は水を打ったように静まりかえり、金城と加瀬、残りの５人は２人のやりとりを見つめている。

「われ、銃どこに持っとうねん」

「俺は持ってない。これで充分だ」

均は、右手の人差し指と親指を伸ばし拳銃(けんじゅう)の形をつくってみせ、それを右のポケットに突っ込んだ。

「弾、抜かんでええんか？」

「自分の脚を撃っちまうのが心配なら弾を抜けばいい」

「このままや」

「そうか……」

均は、相手の目を黙って見つめると、そのまま3秒見つめ、つぶやくようにゆっくりと言った。

「行くぞ。イチ、ニイ………。サン」

男は、銃をホルスターから引き抜くことすらできなかった。なぜなら、均はポケットから右手を引き抜く前に、左手で男の右手首を上から押さえて拳銃を引き抜けないようにしたからだ。そうしておいて、均はゆっくりと右の人差し指の先端を男の眉間(みけん)に突き立てた。自分の目と目の間に突き立てられた指先を凝視し寄り目になっている男の目を覗き込んでから、均はつき当てていた指で眉間(みけん)を3回叩(たた)いた。

「ここに3発撃ち込まれりゃ、ヒグマでも即死だ」

男は寄り目のまま、浅く速い呼吸をするのがやっとだった。

この一件で「このガキ！」だったのが「せんせ！　せんせ！」と言われるようになった。

その鮮やかな変わり身の早さは、厳しい現実の中で彼らが身に付けてきた、生き残るための処世術だった。


三宮に10日ほど滞在した均が、最後に教えたのは3つの陣形とそれぞれの変換方法だった。

通常、組長が往来を歩くときは、真ん中を組長が歩き、その周りを6人の用心棒が取り囲む。どこから敵が襲ってくるか判らないからである。実際に襲撃を受けた時に変換する陣形が「鶴翼（かくよく）」と「魚鱗（ぎょりん）」だ。鶴翼は敵の数が少ないときに使い、鶴（つる）が翼を広げるように左右から敵を囲み、その中で相手を無力化する。魚鱗は敵が多いときに使い、魚の鱗（うろこ）のような形になり、陣形の先端で敵を割って突破する。

アジトのある建物の広い廊下で均が組長役となり、何度も陣形の変換を確認した。均の説明に過剰に反応し「せんせ、判りました！　せんせ、判りました！」と均を持ち上げる男たちの様子は滑稽（こっけい）だった。

陣形の変換もスムーズにできるようになったので、均は渡されていた拳銃を返し、訓練が終わったことを金城に伝えた。一通り説明を聞き終わった金城は、机の引き出しから札束が入った封筒を出し、机にぽんと置いた。

「世話んなった。手間賃や」

手に取った封筒はずっしりと重かった。中をみると、通常の勤め人の年収くらいの紙幣が入っていた。均は封筒を上着のポケットにしまうと、ニコリとして金城に言った。

「ずいぶんはずんで貰いました」

「ありがとな。いつ東京に戻るんや」

「夕刻の汽車で帰ります」

「ほうか」

金城が朝鮮語で何かいうと、奥にいた均の生徒たちが威勢よく返事をした。札束で重くなったポケットを感じながら、均は金城のアジトを後にした。

加瀬の根城に戻ると、吉田が待っていた。

「おう、伊藤。無事だったんけ」

「まあな。卵稼業は順調か」

「ああ。貴様、もう帰るんじゃろ。三宮駅まで送るわ」

均は身支度を整え、リュックを背負った。それを見ていた加瀬が、3つのショットグラスにジョニ黒を注いで言った。

「ほなな、伊藤。最後に乾杯や。しばらく舶来のウィスキーは飲まれへんやろ」

カチンと音が鳴り、３人は一気に飲み干した。

「またこっちにくることあったら、いつでも訪ねてや。わしが生きとったら歓迎するで」

「ありがとうございます」

加瀬に軽く会釈をしてビルの暗い階段を降りると、下で生徒たちが待っていた。均を見つけると一斉に両手を膝（ひざ）にあて、深く頭を下げた。

「どうしたんだ」

「せんせ。駅までお送りします」

「金城さんに言われたのか」

「はい。これお土産（みやげ）です。どうぞ」

渡されたのは、さっき加瀬に注がれたウィスキーと同じジョニ黒だった。これも米軍の横流し品である。

「これはどうも」

均はボトルをリュックにしまって歩き出した。横には吉田、その後を生徒たちがぞろぞろとついてくる。吉田は驚いて言った。

「おいおい、どえらい待遇じゃな」

「まあな」

「最初っから、あんな態度じゃったんけ」

「いや、全然違った」

「ほりゃほうじゃ。第三国人の愚連隊が、敗戦国の学生にペコペコするわけないもんな。何があったんな」

「そりゃ勝負するしかないんだよ」

「拳銃で勝負したんけぇ。貴様は、拳銃あんま、撃ったことないじゃろ」

「ああ、拳銃は苦手だ。ホルスターからの抜き撃ちはもっと苦手だ」

均は、子供の頃から銃を扱っていたので射撃は上手かったが、それはライフルやショットガンのことであり、拳銃は苦手だった。

「一番苦手な抜き撃ちで勝負したんけぇ」

「そうだ」

「勝ったんけぇ」

「そりゃ、勝ったさ」

「なんで一番苦手なことで勝負したんな。負けたらどないするつもりじゃったんな」

「負ける訳がないんだよ」

「あいつらは常に拳銃身に着けとんぞ。貴様よりよっぽど腕があるかもしれんじゃないか」

「そうかもしれないけど、負けるはずがないんだよ」

「なんでや？　奴等の腕が上じゃったら負けるで」

「でも、負けることはない」

「何を言いよんな、ほんな無謀なバクチをなんでうったんや。貴様らしゅうもない」

「負ける訳がないんだよ。だって、イチ、ニイ、サン、って言ってるの俺だぞ」

吉田は一瞬、均が何を言っているのかわからなかったが、すぐに理解した。均は「イチ、ニイ、サン」の「サン」を言い終わる前に動いていたのだった。


三宮駅を発車した汽車は、夕陽を浴びて東京を目指していた。なんとか席に座ることができた均は、神戸の港を眺めながら金城のつぶやきを思い出していた。

「今度はわしらが戦争や」

金城がそう言ったとおり、ほどなくして朝鮮系と台湾系の組織は衝突し、戦場さながらの戦いが繰り広げられた。金城や均の生徒がどうなったのかは不明である。

私は、今でも特殊戦の世界で生きている。私は、最後の最期まで父である伊藤均に敵わないものがあった。その象徴的な話が拳銃の早抜きの一件であり、この類いの話は父の生涯に枚挙に遑がない。私は、これこそが、特殊戦を勝ち抜くために最も大切な能力だと考えている。

それは何かというと、他人が無意識のうちに、思い込んでいること、望んでいること、嫌がっていることを見抜き、それを使って虚像をみせ、その虚像で相手をコントロールする能力である。

早抜きの一件で言えば、19歳の少年に勝負を挑まれた愚連隊の「絶対に負けられねえ」という焦燥感をあおり、誰がスターティングピストルを撃つのかを忘れさせ、自分が次元を超えた早撃ちの名手という虚像を全員に見せつけ、コントロールした。

無論、努力することは大切で、論理的な思考と数え切れぬ反復動作により、合理的で正確な技術を身に付けることは必須であるが、どんなに高い技術を持っていても、この術を使われたら絶対に勝てない。勝負になっていない。相手が書いたシナリオのとおりに動かされてしまうからだ。

国家存亡を賭けた戦いにおいて、正々堂々と真っ向勝負を挑むことも大切だろう。しかし、古人がいうように、「能なるも不能を示し……近きものを遠くに示し……利してこれを誘い、乱してこれを取る」これもまた努力を傾注すべきものなのである。

私には、まだ時間がある。父が鬼籍に入るまでにその能力を超すことはできなかったが、自分が生涯を閉じる前に、父の能力を超し、次代に伝承することが私の最大の課題だと思っている。

# 5章　技術立国

## 1　第1回公開競争試験――一九四七年（昭和二十二年）

6月のある日、均は御茶ノ水で電車を降り、駿河台にある日本大学の講堂へ向かった。今日、ここで臨時人事委員会（後の人事院）の採用試験が行われる。空襲の被害が少なかった校舎は、職を求める受験者を呑み込んでいく。東京では敗戦から3回目の夏を迎えても、とにかく仕事がなかった。外地から帰還した兵隊と引き揚げ者は、生きて日本の地を踏めた安堵を味わう暇もなく職を探したが、殆どの工場は空襲で破壊され、人々の職とそこで生産されるはずの生活物資を消し去っていた。

均も職探しは困難を極め、東京工業専門学校卒業から1年以上経っても無職のままだった。そんな折に知ったのが、人事院の採用試験だった。占領下となった日本では、行政を司る省庁も大きく改革されることになった。それまで各省庁が個別に非公開で行っていた官吏の採用を人事院が一手に担うことになり、人事行政を担う専門事務２２０名、一般事務１５０名を採用することが発表された。「国の仕事なら間違いない」そう考えた応募者は、全国の試験会場に殺到した。

その日、講堂に集まった応募者だけでも60名。みな緊張した面持ちで着席し、開始時間を待っていた。国の仕事にも拘わらず「35歳未満、中等高卒でも大学高専卒と同等の学力あるものは可」という緩やかな応募資格だったため、顔ぶれは様々だった。均の右隣にいる眼鏡を掛けたインテリ風の男性は、30代前半だろうか。きちんとした身なりではあるものの、擦り切れたままになっている背広の袖口がこれまでの彼の苦労を物語っている。左側にいる男性は、均よりも少し若くみえた。

開始時刻が近づき、試験官が数名やってきた。簡単な説明の後、答案用紙が配られた。講堂には受験者の前に紙を置くサラサラとした音が、静かに響き渡った。「始め」という声を待ちながらまわりを眺めると、見覚えのある顔があった。

「あっ、奥山さん」

試験官の一人として答案用紙を配っていたのは、父が営む下宿にいた奥山だった。早稲田大学卒業と同時に下宿を出た奥山は、官吏の道に進んだ。最後に奥山に会ったのは、均が小学生のときだ。梅の固い蕾が開く頃、就職の報告をするために、風呂敷に包んだ一升瓶を抱えた奥山は伊藤家に挨拶に訪れた。あれから9年、21歳になっている均の視線に気づいた奥山は、驚きの表情からすぐに優しいまなざしに変わり、壁際に立ってさりげなく均を見守った。

「伊藤さーん、郵便でーす」

「はーい」

配達員が走り去る音と同時に階段を駆け下りたねるりが、ポストから取り出した茶色い封筒は、均の試験結果を告げるものだった。

「お兄様、きました」

梅雨の時期には珍しく晴れた午後、縁側で新聞を読んでいた均にねるりは封筒を渡した。

「おや、試験の結果かい」

台所から母も顔を出した。

「ええ。思いの外早く届きました」

均は封筒をしげしげと眺めていた。

「お兄様、早く開けてください」

「ああ」

茶簞笥の引き出しから大きな鋏を取り出し、均は丁寧に端を切った。中には折りたたまれた薄い紙が入っている。母とねるりが、じっと見つめる中、ゆっくりと紙を開く。そこには「合格」の文字が記されていた。顔色を変えずに均は言った。

「合格のようです」

「そうかい。そりゃよかったね」

「お兄様、おめでとうございます」

ねるりは、まるで自分のことのようにはしゃいだ。

「この後は、口頭試問と健康診断になっています」

「お兄様、口頭試問ってどんなことを聞かれるんでしょうか」

「さあ。官吏になるための能力を見極めるんじゃないか」

「そういえば下宿にいた学生さんたちの何人かは、官吏になったはずだよ。あの人たちに相談できたらいいのにねえ」

均は試験会場で見かけたものの、一言も話さず別れた奥山を思い出した。

「高文（高等文官試験）のことを聞いても、あまり参考にならないでしょうね。これから採用する官吏は、実質GHQが選ぶわけですから」

「ほんじゃ、その口頭試問ってえのも、毛唐がやるのかい」

「さあ、どうなんでしょう」

試験会場の控室には、30人ほどの応募者が待機していた。自分の番号を何度も確認する者、鉛筆を手に使い古したノートをめくる者、神経質な表情で眼鏡のレンズを磨く者。ほとんど均より年上のようだ。彼らの様子を一通り眺めた均は、入り口近くの空いている席に座った。雨が降り始めたらしく、遠くの窓ガラスに小さな雨粒が当たっていた。

ドアが開いて、書類を抱えた係員が番号を呼んだ。

「256番」

均の書類にある番号だった。返事をして立ち上がり、廊下を進んで「口頭試問会場」と書かれたドアをノックした。

「どうぞ」

「失礼します」

窓を背に大きな机に悠然と向かっているのは次官だろう。その手前に3名の試験官らしき人物が長机に座っている。中央の試験官が均をジロリと見ると、書類に目を落として言った。

「そこに掛けて」

試験官たちと対峙(たいじ)する位置に、木の椅子(いす)が一脚置かれていた。均は会釈をして静かに着席する。

「今日集まった応募者の中では、君が一番若い。21歳か」

「はい。今回は『公開競争試験』ということですので、私も遠慮なく応募いたしました」

フランクな試験官に合わせて、均は冗談を言った。そこにはこれまでの採用試験が非公開であり、密室の中で役人が選ばれていたことへの皮肉が込められていた。

「ふふ。かつての高等文官試験を知る者からすれば、大きな変化だよ。これからは日本の津々浦々から、有能な人材を発掘しようというわけだ。君は去年東京工業専門学校を卒業したとあるが、職探しはしたのかね」

「はい。あちこち探しましたがさっぱりでした」

「記録によると、君は南部七戸藩の家老の家系じゃないか。華族のつながりで何とかなりそうなものだが……」

「なりません」

「なぜかね」

「飢饉が長年続いた南部七戸藩です。藩には飢え死にを何とか防ごうとした歴史しかありません。しかも家老の家系といっても父は5男ですから、私は本家からだいぶ遠い人間です。華やかな世界とは無縁な国民の一人です」

「そうか。よくわかった。ところで東京工業専門学校の前は、予科士に在籍と書いてあるね」

「はい」

「しかし、軍に君の経歴が残っていないんだよ。戦争に負けた今、君がそんなことを詐称したところで何のメリットもなく、軍部が君の痕跡を完全に消したとしか考えられんのだが、思い当たるふしはあるかね」

「軍籍剥奪だとは、言われました」

「なぜだ」

「わかりません」

「そんな馬鹿なことがあるか。本人が理由を知らないってことはないだろう」

「本当に知らないんです」

試験官は、1回大きく深呼吸をした。

「そうか……。実はな、君のように軍籍が消されている者が合格者の中にあと2名いるんだ」

均は同じような仲間がいることを知った。

「軍部が解体された今となっては真実を知ることはできないが、そこには特別な理由が存在したと私は思っている。ここの試験を突破してくるような者をあえて軍が手放し、彼らが軍に在籍していた痕跡を消した理由がね……」

窓にぶつかる雨音が激しくなってきた。均は黙って外を見つめた。

「今日はこれで終了だ」

「ありがとうございました。失礼します」

8月のある日、旅行鞄を持った均は日光駅にいた。緑が濃さを増した木立からは、蝉の鳴き声が降り注いでいる。路面を走る日光電車（東武鉄道日光軌道線）に乗り、西参道前駅で降りて、道なりに歩いていくと、立派な石の門が見えてきた。右側の石柱には、真新しい「公務員研修所」の看板がかかっている。

立派な柱がそびえる総ヒノキ造りで40もの部屋があるこの邸宅は、戦時中皇太子の疎開先だったが、敗戦を契機に皇室のものではなくなり「旧日光田母沢御用邸」と記されていた。

均を含む267名の公開競争試験の合格者は、ここで研修を受けてから本採用となる。研修中に問題があると判断されれば、採用は取り消しとなる。

均たちは8畳の和室に7～8名ずつ割り当てられ、荷物を置いたら筆記具を持って広間に集合するように指示された。和室では今日から60日間、一緒に研修を受ける仲間同士があちこちで挨拶を交わし始めた。隣にいた丸坊主で細身の男が均に会釈をした。

「山路です。よろしく」

「初めまして。伊藤です」

山路の白い開襟シャツの胸元には、古い万年筆と眼鏡が入っていた。山路は、ハンカチで汗をぬぐいながら言った。

「伊藤君は若いな。何歳だい」

「21歳です」

「俺はもうすぐ28だ。というと君は高専卒か」

「ええ。山路さんは大卒ですか」

「ああ」

「そうですか。今回の試験の倍率は、かなり高かったようですね」

正式な合格通知が届いた後、均は奥山に挨拶をしにいった。奥山によれば、あの筆記試験の会場にいた60人の中で、合格したのは均だけだったという。

「このご時世にお国の仕事に就けるなら、みんな殺到するだろう。しかも今回は全国に一斉に募集をかけた公開競争試験だからな」

「研修中も給与がでると知って驚きました」

「たしかに。しかもこんな畏れ多い場所でね。お互い首尾よく研修を終えて、正式採用を目指そう」

開講式を行う大広間の畳には、長机が多数置かれていた。全員が着座したことを確認すると、米国人男性がゆっくりと登壇した。ＧＨＱの指示で日本の官僚制度改革を担うことになったフーバー氏は、英語でスピーチを始めた。区切りのよいところで、横にいる日本人男性が通訳する。スピーチのテーマは「人事行政学について」だった。

研修では5時半に日直が鳴らす拍子木で起床。7時半に腹に響く大太鼓の音2回で講義が始まる。どういう人材を集めるのか、どうやって職員を管理していくのか、組織の規則はどうやって作っていくのかなど、講義の内容は多岐にわたったが、そのすべてが今までの日本との決別を示していた。大広間ではＧＨＱが派遣した講師の言葉を通訳する声が続き、受講生は必死にメモを取る。講義は、歩いて10分ほどのところにある日光高等女学校の校舎を使用することもあった。

授業は午前中のみで、午後はレクリエーションの時間だった。読書をする者、敷地でテニスや野球をする者、玄関でピンポンをする者もいた。食事は3食提供され、麦飯にはおかずと汁物が添えられていた。

就寝時間になると、各自が押し入れから布団を出して敷く。寝る前の寛いだひとときは、いつも仲間と雑談が弾んだ。

「伊藤君、この毛布知ってるか」

山路は各自1枚ずつ配布された、薄褐色の毛布を指した。

「米軍の放出品ですかね」

「そうだろうな」

「暖かいですね」

「ああ。俺が軍で支給された毛布とは大違いだ」

山路が軽口を叩くと、隣にいた中島も会話に参加した。中島は均と同じ高専卒で、均よりひとつ上だった。

「山路さん、私のところは毛布すらありませんでしたよ。この辺りは夏でも夜は涼しいからありがたいですね」

そう言って毛布を被った。

「今回の研修、会場も食事もすべてＧＨＱの手配だそうだ」

「やはりそうですか」

「数年前なら、我々など足を踏み入れることができない場所なのにな。驚きだよ」

開け放った縁側から、微かな虫の音と共に冷たい風が入ってきた。２人とも自分の毛布に目を落とした。

「俺はたまに、いま陛下は何を考えていらっしゃるのだろうかと思う」

「私もです。昨年から日本全国に巡幸なさっているようですね」

「陛下に直接お目にかかって腰を抜かす年寄りが各地で続出しているんじゃないか。俺は田舎の祖母が心配だ」

いつも冗談ばかりの中島は、布団に腹ばいになって2人の笑いを誘う。均が言った。

「研修も折り返し地点になりましたね」

「ああ。みんな、だんだんここの生活にも慣れてきたようだね」

「こんな御屋敷に泊まって、朝昼夕食えるなんて。田舎の両親へのいい土産話になります」

「新しい官僚組織をつくるのが、我々の役目だからね。研修の後は、大きな成果を期待されることになるだろう」

「山路さん、みんな正式に採用されますかね」

「どうだろう。そうあってほしいがね」

「もし不採用となったら、研修中の給与はきっとゼロですよね。まさかその上、ここの宿泊費を請求されるなんてことありませんよね。俺、逆立ちしたって払えません。そうなったら何年も皿洗いをするしかないです」

厨房で黙々と働く中島を想像し、2人はまた笑った。

「採用されたら、人事院の職員第1号ってことだな」

「私たち3人は同期ってことになりますね」

「伊藤君、俺が皿洗いになっても忘れないでいてくれよな」

「もちろんですよ」

山路は広い庭の向こうにぼんやりと浮かぶ、青白い月を眺めて言った。

「GHQの指示で官僚制度もどんどん変わっていくだろう。組織の採用を担う人事院の責任は重大だ。俺たちが新しい日本の礎を創るといってもいいかもしれない」

均は、山路が何気なく言った「新しい日本」という言葉が引っかかった。

——間違いなく、日本は変わる。変えられてしまう。今の日本に変えなければならないことは山ほどあるが、それはあくまでも目に見えるものだ。いくら教科書を塗りつぶしても、歴史の解釈を変えても、日本人がずっと大切にしてきた価値観や正しいと信じてきたものを変えることはできないし、させてはならない。日本の国柄や日本人という生き方は、そう易々(やすやす)と変わらない。アメリカが創ろうとしている「新しい日本」は、日本が一時的にまとう服に過ぎない——。

「おっ、そろそろ消灯だな」

長い廊下の向こうから、1日の終わりを告げる日直の声掛けが聞こえてきた。ふと見ると、中島はもう鼾(いびき)をかいていた。

## 2 給与2課――一九四八年（昭和二十三年）

「地下足袋って、これでいいのかい」

ハルから渡された地下足袋を受け取り、均は自分の足に当てて大きさを確認した。

「はい。ちょうどよさそうです」

「お前さんのところは、日曜も仕事があんのかい」

「ええ。今日は宮城で仕事なんです」

「宮城に行くのに、そんな恰好はいけないいよ」

「いいんです。庭仕事らしいですから」

「およしよ。いくら庭仕事っていっても、もっときちんとしておいき」

「職場で着替えるとのことなので、問題ありません」

紅葉に彩られた日曜日の朝、人事院の職員となった均はいつも通りの時間に出勤した。庁舎に着くと、そこには20人ほどが集められていた。上司の指示で、部屋の奥に用意されていたお揃いのフロックコートを着る。手に取って近くでみると、上質な生地はところどころ薄くなっていて、羽織ると樟脳の匂いにむせた。一行は建物の下に停まっていた古いバスで皇居に向かう。皇居前広場でバスを降り、上司の先導で坂下門をくぐった。宮内庁を臨む広場に着いたところで、改めて整列。点呼を取った後、上司が述べた。

「今日はこれから、野良猫とカラス退治を行います」

宮内庁の職員が数人、少し離れた場所で長い棒や袋を準備しているのが見えた。

「持参している地下足袋を履いたら、２人ずつ組になって作業を始めてください。詳しいことは宮内庁の方から説明があります」

ここ数年、宮内庁は害獣被害に悩んでいたが、人手不足で対応できずにいた。皇居内の仕事は、どんな些細なものであっても、身元がしっかりしている者を選ばなくてはならない。そこで、できたばかりの官僚組織である人事院なら問題ないだろうと踏んでの依頼だった。

ペアになった均と久我は、それぞれ長い棒を持ち、高い木の上にある古いカラスの巣を落としていた。腕を精一杯伸ばして棒を突き上げるたび、フロックコートのセンターベントがひらめいていた。

「なるほど。久我さんは、侍従をされていたんですか。道理で門をくぐるとき、ずいぶん落ち着いていると思いましたよ」

「あはは、そうでしたか。久しぶりです。宮城が少しも変わっていなくて安心しました。ここは、外とは別世界ですから」

宮城の林は、2人の声しか聞こえない静けさだった。均がつついていた大きな巣が、あわただしい音を立てて落ちてきた。小枝の塊でできた巣を壊しながら手持ちの袋に納めると、カラスが警戒の声を上げげて、上空を旋回し始めた。

「戦中、陛下はずっと宮城にいらしたのですか」

「はい。焼け野原になっていく街を、今、我々がいる場所から馬に乗ったままご覧になっていることが多かったです。戦後はね、おこしになるたびに、建物は平均すると何階建てになっているのかを侍従にお尋ねになるんです。終戦時は焼け野原で建物自体がありません。そこから平家のバラック、少し経つと2階建て、ポツリポツリとビルディングが建っていきましたので、復興の目安にされていたのでしょうね」

久我も巣を落とすと、2人の目の前を何かが駆け抜けた。驚いて動物の行き先を見つめる。野良猫ならつかまえなくてはならないからだ。

「おーい。いま行ったのは猫か」

離れたところにいるグループの問いかけに、均は答えた。

「いや、狸、狸」

「狸ならお咎めなしですね」

地下足袋を履いても上品さがにじみ出る久我が茶化した。

夕方までの作業で、袋はカラスの巣でいっぱいになったが、野良猫は1匹も捕獲できなかった。

それからひと月ほど経った12月23日、皇太子の誕生日に極東国際軍事法廷でA級戦犯とされた7人が絞首刑にされた。国民があの戦争を思い出したのもつかの間、同日には衆議院が解散。年が明けると国鉄の人員削減を巡って不穏な大事故がいくつも発生した。食糧と住居の不安から抜け出せない庶民は、世の中の大きな流れに関心を向ける余裕すらなく、ただ自分自身が沈まないように流されて生きるしかなかった。


均は、全国を飛び回っていた。目的は昭和23年11月に改正された、国家公務員法と新たな給与体系の説明だ。以前は各省庁が職員の給与を独自に定めていたが、これからは省庁に関係なく国家公務員共通の給与基準が設けられる。以前と何が変わったのか、これからどうなるのかについて、各地の公務員に理解させるのが均の仕事だった。新しい規定を無視し、以前のままにしているところには是正を促し、場合によっては摘発することもあった。

全国を回る職員は課内に数人いたが、ほとんどの者が苦労していた。経済が混乱を極める中、インフレ下での給与制度変更は受け入れがたく、東京からやってくる人事院の職員は、現地の人間にとって、GHQの権威を笠（かさ）に着て重箱の隅をつつきにくる敵に見えた。あからさまな門前払いはなくとも、決して歓迎されることはなかった。東京から離れれば離れるほど、冷たい態度を取られ、神経を削られた。

しかしなぜか均だけは、訪問先で歓迎されていた。それは、いつも第一声を「お手伝いに参りました」で始めたからだった。有無を言わせずGHQの決定を飲まされるのではという反感と恐怖は、均の意外な言葉で和らいだ。新たに制定された給与テーブルをみせながら、均はこれからの省庁のかたちや、日本が目指す姿を語った。一通り説明が終わる頃になると、そこにいた人たちの表情から警戒心が消え、帰り際には東京の街の様子について、質問攻めに遭うことが多かった。

東北3県を回り、帰りの汽車に乗り込んだ均を心地よい疲れが包んだ。車窓には4月の柔らかい日差しを浴び、鍬の跡が新しい土が陽炎を抱く田んぼが、遥か遠くに見える山のほうまで広がっていた。均の膝の上には、駅弁がある。

「えー、ビールはいかがですか。ビール、ビールはいかがですか」

列車の外から、涼し気なガラス瓶の音が響いた。その後に続いて、瓶から美味そうなビールが注がれる音も、聞こえてくるようだった。

「ビール1本」

すかさず窓から呼び止めたのは、均だった。いつもは移動中に酒を飲むことはないが、この日の気分はなんとなく違った。

「はい、お待ち」

駅弁売りは片手でシュポンと栓を抜き、均に渡した。瓶から少し泡がこぼれる。窓の外で泡が収まったことを確認し、渇いた喉(のど)にビールを流し込んだ。発車のベルが鳴り終わると、汽車は黒い煙を吐きながらゆっくりと東京へ進んでいった。

どれくらい経っただろうか。均が目を覚ますと、外は暗くなっていた。街灯のない田園地帯を汽車は進んでいく。手洗いに行こうとした均は、足元が涼しいことに気づいた。

「やられた」

均の黒い革靴は消え、傍(そば)には代わりに歯がちびた下駄が置かれていた。この頃は、油断するとなんでも盗まれた。銭湯では腕時計を外さず、濡(ぬ)れないように片腕を伸ばして湯舟に浸(つ)かるのが当たり前だった。

俺の靴を盗んだ泥棒は、どんな奴(やつ)だろうか。残された下駄を履いた均は、想像しているうちにまた新たな眠りについていた。

## 3　戦後賠償会議——一九五一年（昭和二十六年）

昭和25年6月25日、朝鮮戦争が勃発した。停戦までの3年間、米国をはじめとする18ヶ国で構成された国連軍の司令部が東京に置かれ、そこから大量の軍需物資の注文が発生した。鉄鋼業の好況により、ざるで川底の泥をさらい、沈んでいた屑鉄を拾い集めて換金する人々も生まれた。この特需はドッジラインが連れてきたデフレ不況は大いに盛り返し、日本の戦後復興の足掛かりとなった。8月10日にはGHQの命令により、準軍事組織の警察予備隊が設置された。これらは進行していた米ソの冷戦構造に、西側諸国の一員として日本が否応なく組み込まれていくことを示していた。

昭和26年9月8日には、サンフランシスコ講和条約が署名され、翌年の4月28日の発効を前に、政府は約7年にわたる占領下を終えて独立国として歩み始める準備を進めていた。

ある日、均は局長に呼び出された。電話をしていた局長は、均が部屋に入ったことを確認すると受話器を置いた。

「伊藤君だね。君に新しい仕事がある」

「はい」

「外務省からの依頼だ」

「どういう内容でしょうか」

「それは向こうで聞いてくれ。君にとってはなかなかおもしろいかもしれないぞ」

陽が落ち始めた午後6時、均は外務省が入る建物の奥にある、指定された部屋をノックした。

「はい。どうぞ」

奥から野太い声が聞こえ、均はドアを開けた。中には均と同じ20代半ばと思われる男性が10人ほど集まり、ロの字に置かれた長机を囲んでいた。

「えっと、君は……」

「人事院の伊藤です」

使い古したとじ込み表紙の名簿を確認したのは、外務省の今井だった。

「あちらにお掛けください」

席に着こうとする均を、まわりの男性たちがしげしげと見つめていた。身なりや雰囲気、横に置いた筆記用具から、みな官僚であることが伝わってきた。均に続いてさらに数人が部屋に入ってきた。着席した人間の数を確認し、今井は挨拶を始めた。

「みなさん初めまして。外務省の今井と申します。本日みなさんに集まっていただいたのは、アイデアを出していただきたいと思っているからなんです」

アイデアというラフな言葉に、場の緊張が一瞬ほぐれた。

「みなさんご承知の通り、先だってサンフランシスコ講和条約が署名されました。7年の占領期間を終えて晴れて独立国となる日本は、これから各国との戦後賠償に向き合わなければなりません」

全員を見回し、今井は続けた。

「講和は、米国を中心に49ヶ国が署名しましたが、賠償請求権放棄の条項に反対したフィリピンをはじめとした数ヶ国とは、今後、個別に賠償協定を締結することになるでしょう」

一同、今井の説明にじっと聞き入っていたが、どこからともなく大きな空腹の音が聞こえてきた。今井は何事もなかったように続けた。

「問題となるのは、どうやって賠償を行うかです。各国への賠償額はまだ決まっていませんが、いずれにしても莫大(ばくだい)なものとなるでしょう。いま世の中は朝鮮特需で活況を呈していますが、これはあくまでも一時的なものだと政府は捉(とら)えています。我が国は、目下復興を着実に進めていくことが最優先です。復興の足を引っ張ることなく賠償を果たしていくには、無い袖(そで)を振らなくてはなりません。まるで無から有を生み出すような話ですが、みなさんの発想に期待します」

一通り話し終わった今井は、部屋の隅に置いてあった大きなやかんから湯呑(ゆのみ)にぬるくなった水を注ぎ、盆に載せて出し始めた。近くにいた均は、さりげなく手伝った。

「ああ、すみませんね」

「いえ、お気になさらず。私はあちら側に運びます」

全員に湯呑が置かれた後、自己紹介となった。一人ひとり、端から所属と名前、年齢を述べた。各省庁から、均と同じ20代半ばの者が集められたことがわかった。

「今日は初回なので、自己紹介のみで解散といたします。これから定期的にこちらの会合にご参加いただきたいのですがよろしいでしょうか」

一同、周りの様子を見ながら無言で頷いた。均と同じように、上司の命でここに集められたからには職務の一環である。断る権利はない。

ばらばらと参加者が去った部屋では、今井が茶器を片付け始め、均も手伝った。

「ありがとうございます。助かります」

「司会役は大変でしょう」

「いえ。いきなり集められて、みなさんの方が面食らったのではありませんか」

人がいなくなった部屋に、湯呑を重ねる音が響いた。

「今回の人選はどうやって決まったんですか」

「詳しくは知りませんが、普通じゃないアイデアを出せる者を集めたと聞いています。上層部の方でいい解決策が出ず、若手の意見を聞いてみようとなったそうです」

「ということは、省内の選りすぐりの変わり者が集められたと……」

「いえ、そんな失礼な意味では」

慌てて否定した今井だったが、均の表情を見て冗談だと知り笑った。

「ちょうど腹を空かせている時間の会合で恐縮ですが、これからひとつよろしくお願いします」

「こちらこそ」

ここから月一回の会合が始まった。回数を重ねるごとに参加者は互いに気心が知れ、議論は白熱していった。みな自分が所属する省庁が持つ情報や専門性を発揮し、様々な意見を交わしたが、なかなかこれという解決策には至らなかった。

この時日本の工業は連合国の監視下に置かれ、兵器生産につながるものは徹底的に排除されていた。出番を待っていた大量の兵器は、敗戦と同時に溶鉱炉で溶かされ鉄塊になった。軍需工場にあった特殊工作機械はすべてスクラップとなり、一般機械用設備は連合国へ運び出された。外地にあった財産のすべてを放棄した、地下資源のない日本が富を生み出す手段はなく、裸一貫で借金を返すような状況だった。一見よい案も「その費用はどこから」という問いにぶつかると、行き場を失った。

その日、壁に掛けられた時計は9時を指していた。みなの空腹が限界となり、今日もそろそろお開きかと思う頃、均がふと口を開いた。

「硫安はどうでしょうか」

「硫安をどうするんだ？」

「賠償金を、硫安で支払うんです」

突飛な意見にみなが驚いた。硫安とは、硫酸アンモニウムのことだ。

「硫安といえば、肥料だろう」

「連合国がかっさらっていった工作機械に比べると、ずいぶん地味だな」

均はまわりの軽口に怯むことなく続けた。

「仰る通り賠償を受ける側は、金目のものがいいでしょう。しかしいまの日本のどこを見渡しても、そんなものはありません。誰もが、未だに食うや食わずですからね」

「そうだそうだ」

湯呑の水を飲み干した一人が、合いの手を入れた。

「いくらない物に注目しても、仕方がありません。それならある物に目を向けてはどうでしょう」

「硫安は日本にそんなにあるのか？　井本君？」

通産省（通商産業省：現在の経済産業省）の井本が答えた。

「えー、それほど余剰はなかったと思いますが……」

「たしかに今、日本に余分な硫安はないでしょう。しかしみなさん、硫安はどうやって作るかご存じですか」

みな一斉に均に注目した。

「硫安の生産にはアンモニア合成が必要不可欠なのですが、そのアンモニアは水と空気からできます」

均の頭には、早稲田中学校時代に校長に連れて行かれた東京工業試験所で見た設備が浮かんでいた。そこでは水の電気分解で得た水素と、沸点の違いを利用した空気の深冷分離で得た窒素から、アンモニアを合成していた。「東工試法」と呼ばれるこの技術によって、水素と窒素をガスの状態で輸入する必要がなくなり、爆薬、染料、医薬品の原料になるアンモニアを安く合成できるようになっていた。

「伊藤君が言うように、水と空気なら元手はいらないな」

「講和条約の賠償は、役務や生産物でもよしとなりましたからね。肥料を生産物とできるならば、それはありがたい」

「とはいえ、実際に渡すことになるのはアンモニアではなく硫安だろう。どれくらい生産できるかがまだ不明だ」

「たしかに」

「どうなんだ、伊藤君」

すがるような視線の周囲を見渡し、均は冷静に言い放った。

「なんとか確保してみせます」

「伝手はあるのか」

「いえ。ありません」

「一体どうするんだ」

「ないというのはある、あるというのはないと申しまして……」

落語のような均の口調に、たまに訳のわからないことを言う奴だとみんなは半笑いになった。

「少し日数をもらえませんか。次回の会合までには、何らかの回答を出します」

司会の今井が入った。

「みなさん。ここは伊藤さんに調べてもらいましょう。みなさんは自分の省庁に戻ったら、硫安で支払う可能性を探ってください。それを持ち寄り、また議論します」

「了解」

「では伊藤君、よろしくお願いしますね」
均はにやりと笑って頷いた。

冷たい風に枯葉が舞う、12月がやってきた。今年の冬は寒さが堪(こた)えない気がするのは、商店街に活気が戻ってきたからだろうか。どの店も以前はガラガラだった棚に、いまではたくさんの商品が並んでいる。赤坂(あかさか)駅から地上に出た通りも、穏やかな表情で商品を手に取る買い物客で賑(にぎ)わっていた。

均は商店街を抜けて大通りを歩き、黒塗りの車が何台も待機している鉄筋のビルの前に立った。「昭和電工本社」とある看板を確認し、受付に向かった。

「人事院の伊藤です」

受付嬢に案内され、応接室に通された。外套(がいとう)を脱いで明るい緑色のベルベットが張られたソファに腰を掛けると、別の女性がお茶を持ってきた。

「少々お待ちください」

5分くらいして、ノックと同時に、勢いよくドアが開いた。

「伊藤君、久しぶり」

部屋に入ってきたのは、昭和電工の技術者、片山(かたやま)だった。

「片山さん、お久しぶりです。お変わりなくて安心しました」

「君もだよ。連絡をもらって嬉しかった。たしか最後に会ったのは、昭和14年だったかな」

「ええ。10年以上前なのに、覚えていてくださったとは」

「早稲田中学の校長が『学者のタマゴ』だと言って連れてきたから、よく覚えているよ」

「園田先生は今もお元気でしょうか」

「ああ。君が訊ねてくることを電話で伝えたら、よろしくと言っていた。それにしても君が役人になるとはねえ。てっきり化学者になったと思っていたよ」

「私もそのつもりだったんですけどね。今日は役人のひとりとして、片山さんにご相談があってうかがいました」

「いったいなんだい」

「硫安のことです」

「硫安といえば、東京工業試験所を思い出すな」

均が中学生の時に見学で訪れた東京工業試験所で、アンモニア合成の仕組みを説明したのが片山だった。試験所が持っていた技術や特許は、昭和4年に昭和肥料（後の昭和電工）に無償で提供され、肥料の生産が始まっていた。民間で実用化された技術を説明するために、昭和電工に勤め始めたばかりの片山が駆り出された。試験所で生み出された優れた技術は、日本の科学技術が自立する象徴であり、その鍵となった触媒の開発がどれだけ大変だったか、若い片山は当時、中学生だった均に熱く語った。

「たしか触媒は白金でしたね」

「そう。『優れた技術は未来を創り、技術は人の頭から生まれる。未来への道は、形のない思考から始まる』いつも園田先生が言っていた言葉だ。覚えてるかい」

片山は早稲田大学工学部に在籍中、学部長だった園田に師事していた。2人の脳裏に、園田の穏やかな顔と声が懐かしく浮かんだ。

「片山さん。硫安を大量に確保することは可能でしょうか」

「それは正式に発注されれば可能だと思うがね」

「無償で確保してほしいんです」

「えっ」

「日本の戦後賠償がどうなるか、政府が議論しているのはご存じでしょうか。いくつかの国には、個別に賠償することになるでしょう。ところがいまの日本には、とにかく金がありません。金目のものもありません」

「そうだね」

「そこで目を付けたのが硫安です。肥料で払おうという訳です」

「たしかに硫安は国内だけで生産可能であるし、うちにはその能力もある。しかし無料はねえ……。君も知っているだろう。うちの事情は」

このとき昭和電工は、贈収賄汚職事件の真っただ中にあった。復興金融金庫からの融資を得るため、昭和電工の社長が政府高官や金融機関の幹部に多額の賄賂を送ったことが判明。この事件は当時大蔵省（現在の財務省）主計局長だった福田赳夫をはじめ、多くの逮捕者を出し、新聞を大きく賑わせていた。捜査の過程でＧＨＱの高官の名も挙がったが、後に捜査が警察から検察へ移るとなぜかＧＨＱはお咎めなしとなった。

「ええ。片山さんは微塵も関係していないことも知っています」

「はは、ありがとう。そんなわけでね、会社として目立ったことはできないんだ」

「そこを逆手に取るわけにはいきませんか」

「というと」

「昭和電工をはじめとした肥料工業は、食糧確保の緊急措置としてＧＨＱから特別の措置がとられました。その甲斐あって肥料の生産は急激に上昇しましたが、いまでは国内需要が頭打ちになり、各社は多くの在庫を抱えていますね。片山さんを前に非常に言いにくいですが、事件の推移によっては会社の業績に更なる暗雲が立ち込めるでしょう。しかし国内がだめなら、外に目を向ければいいんです。こちらを見てください」

均は会合の仲間から預かった、肥料の輸入と輸出の推移をまとめた資料を広げた。役人らしく事細かに漏れなくまとめられた書類には、輸出に勝機があることが示されていた。

「この数字は技術者の私からみても大いに魅力的だ。しかしタダというのはねえ。伊藤君は役人だからよくわからないかもしれないが、会社というのは利益で動く。会社に利がなければ、何をするのも難しくてね」

「片山さんはそうおっしゃると思っていました」

まったく動じない均は、話を進めた。

「試供品という扱いにすればいいんです」

「なんだいそれは」

均が思いついたこの方法は、今となっては当たり前の、商品を買う前にサンプルを使ってもらい、その魅力を十分理解させ購買につなげる手法だった。

均が片山に無料で依頼した肥料は、戦後賠償として当然タダで配る。しかし相手が「これはいい」と思えば、必ず注文がくる。たとえ無料で配っても、効果を実感すれば先方は買ってでも手に入れたくなる。品質に確固たる自信がある者だけができる勝負だが、昭和電工が生産する硫安は、それほど効果のあるものだった。

「どうでしょう。御社にとって十分な商いになるはずです」

「なるほど」

均は片山の目が輝いたことを見逃さなかった。

「昭和電工以外にも、肥料を生産している会社は多数あります。しかし無償でという無理難題を相談できる人となると、片山さんしか浮かびませんでした」

「あはは、正直だね。わかった。私は技術者なので権限が限られている。生産にかかわる責任者に話してみるよ。どれくらい必要なんだ」

「まずは20トンほど」

「了解。それにしても人事院の伊藤君が、なぜ戦後賠償を担当しているんだい」

「それは話すと長くなりますが、変人部隊というものができまして……」

応接室からは、しばらく明るい笑い声が響いていた。


昭和27年3月、月に1度の戦後賠償会議は、6回目を迎えていた。均が手筈(てはず)を整えた硫安が横浜港から東南アジアの国々に送られ、3ヶ月が経とうとしていた。

「えー、みなさん。今日はいい知らせがあります。伊藤さんの硫安ですが……」

みな固唾(かたず)を呑(の)んで今井を見つめた。

「たった3ヶ月で効果をみせつけ、各国から次々と注文が舞い込んでいます」

一同から歓声が上がった。

「詳しくは通産省の井本さんから……」

着席した今井に代わり、井本が立ち上がり手元の資料をみながら、最新の状況を説明した。

「やったな、伊藤君」

「元手なしで硫安を調達だなんて、どうなることかと思ったよ」

「よく昭和電工が承知したものだ」

「結果的に昭和電工にとっては、20トンの投資がこれから何倍にもなって返ってくるんだ。しかも取引は政府のお墨付き。堅い商売になるだろう」

「それにしても渦中の昭和電工を、どうやって説得したんだ」

「たしかに。やっぱり『ないというのはあると申しまして』方式かい」

「まあ、そんなところですね」

均の返答がみんなの笑いを誘った。たしかに昭和電工との商談を取り付けたのは均だったが、荷が港を出るまでには様々な調整が必要だった。各省庁から集まった「変人」たちが持つ知識と能力、人脈がなければ実現しなかっただろう。「水しかでない」「腹が鳴る」と皮肉を言われ続けた会合は、若手官僚が集まり、対等の立場で知恵を出し合いそれを実現させる、貴重な場だった。フィリピン、ベトナム、ビルマ、インドネシア4ヶ国に対する戦後賠償の中で、硫安の取引が占めたのは一部ではあったが、この手ごたえは復興への道を模索する若い官僚たちの自信となっていった。

## 4 摘発──一九五二年（昭和二十七年）

昭和27年4月28日、昨年9月に吉田茂（よしだしげる）首相ら全権団がサンフランシスコで調印をした講和条約が発効された。日本の輸出品の表示から「occupied」（占領下の）の文字が消え、7年ぶりに占領国から独立国に戻った。国民にとっては、目に見える大きな変化はなく、ＧＨＱが占拠していた第一生命ビルの屋上に、久しぶりに日の丸があがった程度であった。

占領下の7年間は、振り返ると長いようであっという間だった。びくともしない重い物体が一度動き出すと、それを止めることは動かし始めるのと同じくらい難しい。日本という大きな列車は、占領軍が周到に敷いたレールの上を、ゴールもわからないままに滑り出していた。

身支度を整えた均が玄関を出ると、隣人が通りを掃いていた。昨夜は春の嵐（あらし）でぬるく湿った風が吹き続け、どこからともなく飛んできた紙屑(かみくず)や葉っぱが散乱していた。

「あら、均さん。おはようございます」

「おはようございます」

「昨夜は風が強かったわねえ。いまからご出勤？」

「ええ。今日は逆方向なんです」

「満員電車に乗らなくていいのはありがたいわね。今日はどちらへ」

「井荻(いおぎ)です」

「あら。近くていいじゃない。行ってらっしゃい」

「行ってまいります」

沼袋から10分ほど鉄道に乗ると、井荻駅に着く。北に向かって数百メートル進むと、コンクリートの門が見えてくる。「機械試験所」とあるこの施設は、通産省工業技術庁の外局にある組織だ。広大な敷地には、桜の木に囲まれ、無機質な四角い窓が規則正しく並ぶ、鉄筋の白い3階建てが並んでいた。

今日均がここを訪れたのは、給与の規定を守っていないというタレコミがあったからだ。

国家公務員法改正当時は、均が所属する課の仕事は新しい規定の説明や浸透を目的とした全国行脚がほとんどだったが、改正から数年が経過したこの頃には、意図的に規定を無視する役所を摘発し是正させることが多くなっていた。

会議室に通された均は、鞄から黒い手帖を出して机に置いた。万年筆を右手に、今日の予定を確認する。――できれば夕方には霞が関に戻りたい――と思っていたとき、素早いノックと共にドアが開き、中年女性が入ってきた。

「はじめまして。人事院の伊藤です」

「総務部長秘書の藤井です」

均の母親と同じくらいの年齢に見える藤井は、無表情のまま早口で言った。

「今日はどういうご用件でしょうか」

「こちらの職員の給与について、規定が守られているか確認に参りました」

「それなら問題ありませんが」

「もちろんそうでしょう。問題ないことを確認するという、人事院のやっかいな役割がございまして。こうして施設を順番に回っているんです」

タレコミがあったとは、もちろん言わない。

「お忙しいとは存じますが、今日は勤務表と給与に関する書類を一式見せていただきたいんです」

「残念ながら、総務部長は外出しております」

「その点はまったく問題ありません。本日、何のために訪問するかにつきまして、部長に事前にお伝えしてありますので、書類をざっと拝見できれば結構です。形式上の確認だと思っていただければ……」

均は、穏やかな口調だが譲らない。観念した藤井は奥から黒いとじ込み表紙を抱えてやってきて、机の上に置いた。

「私がお出しできる書類はこれだけです。後は部長でないとわかりません」

「そうですか、では拝見いたします」

均は書類をめくった。案の定、規定は守られていなかった。そこにはかつて組織が独自に決めたルールのまま、給与が支払われている様が明確に記されていた。

「うーん」

「どうかなさいましたか」

「給与の支払いに、不思議なところがいくつかあるようです」

ばつが悪そうな藤井の表情に、意図的な規定無視を察した。

「藤井さんはご存じだったんですか」

「いえ、私はそういった細かいことは……」

「そうでしょう、そうでしょう。秘書の方がそういったことをご承知のはずがない。ただこうしてあちこち回っていて、ついうっかりという間違いにたくさん遭遇してきましたが、こちらはちょっと悪質かもしれません」

悪質という言葉を聞いて、藤井の顔色が変わった。

「大きな問題になるのでしょうか。なにかの罪に問われるとか……」

「ご存じの通り、公務員の給与は国民が納めた税金から支払われます。公務員の給与規定違反は、民主主義の国になった日本では、国民を裏切る行為といっていいでしょう。戦前と違って、いまは官吏の摘発は徹底的に行われますので、場合によっては新聞でも大々的に報じられるでしょうし、当然刑事罰もありえます。万が一、もし藤井さんが隠匿に関与しているとなると大変なことになります」

「私は何も知りません。部長にあなたのお相手をするように言われただけです」

「ええ、承知しております。ところで、部長さんはどちらに？」

「詳しくはわかりません。外出しております」

「そうですか。不思議ですね」

藤井の眉間(みけん)がこわばり、目が少しつり上がった。

「私はさきほど総務部長の出勤簿を確認しましたが、本日部長は出勤されています。それから守衛室で、今日はまだ外出した職員がいないことも確認して参りました。ということは、出勤していない総務部長の出勤簿に何者かが押印をしたか、総務部長があなたに外出すると言って実はこの施設内にいるか、ということになります。藤井さん、どちらかおわかりになりますか」

「いえ、私は部長にあなたのお相手をするように言われただけで……」

「それは先ほど伺いました」

均を冷たくあしらおうとしていた藤井は、口を一文字に閉じてうつむいた。均は1分間の沈黙のあと、ゆっくりとしゃべりだした。

「藤井さん。このほかにもまだ書類があるのでは？　部長は部屋にいらっしゃらないようですから、不在の際にひどく高圧的な人事院の若造に『総務部長には話をしてある』と詰め寄られたと言えばいいだけです。このまま書類をださなければ、あなたも規定違反の隠匿に関わったことになってしまうかもしれません」

「……わかりました」

数分後、最初と同じくらいの書類がさらに机に置かれた。後日、研究所の総務部長は懲戒処分を受けた。

この時、均は事前に総務部長に連絡もしていなかったし、出勤簿も見ていなかったし、守衛に何も確認していなかった。

## 5　転勤——一九五三年（昭和二十八年）

「伊藤君、君に辞令が出ている」

課長に呼ばれた均は、思わぬ報告を受けた。

「4月からは、まったく違うところで活躍してもらうことになった」

「異動ですか」

「そうだ。君が入局したのがたしか昭和23年だから、もう5年か」

課長は、均が人事院の一員になったときからずっと変わっていなかった。

「あの頃に比べれば、国家公務員制度もだいぶ整ってきたといえる。そこで人事院の組織を少し整理することになった。うちだけでなくほかの課からも数人、他の省庁へ異動する。君の移動先は、通産だ」

「霞が関ですか」

課長は額から眼鏡を下ろし、手元の資料を確認した。額の生え際には、5年前にはなかった白いものがちらほらと見えていた。

「いや。勤務地は正確には杉並だろう。君の自宅から近いな」

「というと……」

「機械試験所だ。君もよく知っているだろう。以前は工業技術庁だったが、いまは通産省の管轄となっているところだ」

「はい。昨年私が給与規定違反を摘発したところです」

ばつの悪さを一切見せず、均は言い切った。

「そうだ。あれで10名近くが懲戒処分をくらって、そのうち2名はクビになった。所内は騒然となったそうだが、やれるか？」

「もちろんです。ということは、試験所内にまだ問題があり、更なる摘発を狙（ねら）っての異動ということでしょうか」

「あはは、そんなんじゃない。国家公務員制度の改革は、ほぼ定着した。次にしなければならないのは、どんな産業を興すかだ。その旗振りをするために行ってもらう。言っておくが、自分たちの仲間を摘発した元人事院の若造を彼らは全員で閉め出してくるぞ。少なくとも、誰1人として君を歓迎する者はいない」

終戦直後から、日本の工業生産は米国の監視下に置かれ、中でも金属加工と化学工業には徹底した制限が設けられた。さらに原子力から航空機にいたるまで兵器産業につながる研究や開発は、一切禁止された。しかし、日本への過剰な非軍事化計画は、長くは続かなかった。朝鮮戦争が昭和25年に勃発したからである。朝鮮半島での新たな戦いを迎えた米国は、日本への態度を一変させ、軍需品の調達に日本の工業力を動員しようとした。この「朝鮮特需」により、低迷していた日本の経済と工業生産は一気に息を吹き返した。

機械試験所勤務の初日は、柔らかい春の雨が降っていて、井荻駅から試験所に向かう道には、黒い傘の列が続き、大きな傘は黙々と歩く職員らしき人たちの顔を軒並み覆い隠していた。均は正門を通り、正面玄関に向かう。入り口でみな一様に傘を振ってから傘立てに差し、建物に入る流れが規則正しく続いていた。今日から均は企画課の一員として、勤務することになっている。均もまわりに倣って傘を振った。

「きゃっ」

後ろを見ると女性がいた。紺色のフレアスカートの裾（すそ）には、水滴がかかっていた。

「濡（ぬ）れたじゃありませんか」

「あっ、すみません」

こちらを睨（にら）む目には、見覚えがあった。

「失礼しました」

均がポケットから白いハンカチを取り出したが、女性は拒否した。

「結構です」

すたすたと立ち去る女性にあっけにとられていたら、隣の男性に声を掛けられた。

「これは朝から災難でしたな……」

「はあ」

「あの人は、ここの名物ばあさんでね、関わらない方がいいですよ」

「そうなんですか……。あっ、私、今日から企画課に配属になった伊藤です」

「見かけない顔だと思ったら、そうでしたか。はじめまして、同じく企画課の瀬波です」

2人は思いがけず自己紹介をするかたちとなった。傘を置いた均は、瀬波について長い廊下を進んでいく。「ここですよ」と言って瀬波が部屋に入ると、中では朗らかに朝の挨拶が交わされていた。瀬波は部屋の奥へ進んだ。

「課長、こちら今日から配属の伊藤さんです。下で会ったので、お連れしました」

均は瀬波に目で礼を送った。

「君が伊藤君か。朝礼で自己紹介をしてもらうから、しばらくあそこの机に座っていてくれないか」

忙しそうな課長は右奥を指さした。そこにはひとつだけ何も置かれていない机があった。

均は自分の席を確認し、椅子を引いて下に鞄を置いた。ふと隣を見ると、さきほどの女性が冷ややかな目で均を見ている。

「先ほどは失礼しました。今日からお世話になります伊藤です」

「藤井です」

その名前を聞き、均は自分が機械試験所を摘発した時のことを思い出した。あの時、均の大嘘(おおうそ)にひっかかってすべての書類を見せた秘書が藤井だった。

「藤井さんは、総務部から異動されたんですね」

すると藤井の表情がさっと変わった。

「あなた、あの時の」

「その節は、ご無理を聞いて頂きまして大変ありがとうございました」

「あなたね、あの後大変なことに……」

課長が近づいてきた。

「おや、君たち知り合いか」

言葉を濁す藤井を見て、均が重ねた。

「いえ、知り合いというほどでは……」

「じゃあ伊藤君、さっそく自己紹介を頼む。みんな起立してくれ」

さらに居心地が悪そうになった藤井と対照的に、均は滔々(とうとう)と自己紹介を始めた。

人事院による摘発が影響し、藤井は企画課に異動になっていた。当時の機械試験所は男性職員が大半で、藤井は企画課でも秘書的な雑務全般を担当していた。40代後半で満州から女手一つで子供4人を連れて引き揚げ、夫を亡くした後1人で子供を育てている藤井は気丈で、勤続年数も長く経験も豊富だった。秘書といっても若手の男性職員にとっては、厳しくも頼りがいのある存在だった。

昼休みになると、中庭には昼食を終えた職員が休憩にやってくる。ベンチで新聞を読む者、灰皿を囲んで煙草を吸う者、バレーボールをする者で賑わっていた。均を含む企画課の若手職員3人は、眩しい太陽の下にいた。

「また藤井さんに叱られたよ」

「俺は、今月はまだだな」

転入してきてからひと月ほど過ぎ、均も藤井のカミナリを何度も目にしていたが、それと同時に藤井の仕事ぶりに感心していた。人事院の課長が危惧していた摘発に対する反感は、拍子抜けするほどなかった。

「藤井さん、お子さんが何人かいたね」

「ああ、みんな満州育ちと言っていたな」

「では藤井さんは引き揚げ組ですか」

「たしか2男2女って言っていたような」

杉山(すぎやま)と瀬波が冷静に分析を始めた。

「お子さんたちは優秀らしくてね。引き揚げで1年以上学校へ行ってないのに長男は一橋大の特待生で、次男は青山学院のこれも特待生らしいよ」

「そりゃ優秀だな。娘さんはどうなんだ」

「知らんが、もし性格が似てたらえらいことだな」

3人は20代半ば。みなまだ独身だった。

「そういえば先日銀座に行ったら、藤井さんに似た巡査がいたよ」

「ああ、交通整理か。俺も道路の真ん中に婦人警官がいるのにびっくりした」

この時代はまだ信号機がなく、大通りでは交差点に置かれた台に立った警官が笛の音と手の動きで車を誘導していた。

「女性も社会進出する時代ですからね。中でも藤井さんなら、交通整理もお手の物でしょう。大きなトラックにも負けないでしょうね」

「あはは、ここに来て間もない伊藤君もそう思うか」

「ええ。私もそろそろ藤井さんの叱責(しっせき)を体験してみたいと思っているんですがねえ」

「大きく出たね。来たばかりの伊藤君に藤井さんはまだ遠慮しているんだろうが、決しておすすめしないよ」

笑い声と共に、昼休みの終了を告げる鐘が鳴った。3人の結婚はまだ遠くにあった。

## 6　技術立国——一九五三年（昭和二十八年）

久々に訪れた霞が関のビルは、蛍光灯の灯り(あか)をまとって夕闇(ゆうやみ)に浮かんでいた。地下鉄を降りて地上に出ると、排ガスに混ざって初夏の湿った草いきれが鼻に飛び込んでくる。均は足早にいつもの建物を目指した。通用口を入り、薄暗い蛍光灯が照らす階段を駆け上がると、古くなったリノリウムの床に革靴の足音が響く。均は隙間(すきま)から灯りが漏れるドアを開けた。

「おう、イトキンさん。久しぶり」

「イトキンさんにしては、珍しくぎりぎりのご登場だな」

ドアを開けた一室には、見慣れた顔が勢ぞろいしていた。「イトキン」というのは、伊藤のイトと均を音読みにしたキンを合わせた均の愛称だ。

「今日は私が最後ですか」

「そう。とはいってもまだ定刻前だけどね」

壁の時計を見ると、たしかに7時前だった。いつも通り、ロの字に並んだ机に空いている席を探し、腰かけた。鞄から手帖を取り出す均に、左右から矢継ぎ早に質問が浴びせられた。

「機械試験所に異動になったんだって？　どうだい。新しい職場は」

「イトキンさんにとっては、水を得た魚ってところだろう」

「職場はたしか、井荻だったよな」

「試験所での所属はどこ」

均が答えようとしたとき、開始の挨拶が始まった。

「えー、みなさん。相変わらず『水しかでない』会合にお集まりいただき、恐悦至極でございます。定刻になりましたので、始めたいと思います」

座長を務める今井の冗談に、参加者は乾杯するかのように、手元の湯呑を高く掲げて応じた。

「前回は2月でしたから、今日は4ヶ月ぶりとなります。振り返ればこの会合も今日で15回目を迎えました。最初の会合は2年前。忙しいときは、毎月やっておりましたが、段々課題も減ってきまして間隔が開いてきました。それから、みなさんに議論を重ねていただいた戦後賠償も、やっと目途がついてきたことはお察しの通りでございます。各省から見知らぬ者同士が集められたにも拘わらず、毎回充実した議論の場となったのは、私たち全員に、日本の未来を信じる気持ちがあったからではないでしょうか」

均の前にも湯呑が置かれた。もちろん中身は相変わらず大きなやかんから注いだぬるい水だが、一気に飲み干すと、額の汗が少し和らいだ。

「実はこの会合は、常識にとらわれないアイデアが出る場、そしてそれを実現させることができる場として上層部が注目しています。初期の目的を果たしたからといって解散にしてしまうのはもったいない。そこで、もしみなさんがよろしければ、引き続き新たなテーマを議論したいと考えております」

思いがけない提案に、みな今井を見つめた。

「会合継続は賛成だけど、新たなテーマって何だい」

「そうそう。それを聞きたい」

今井は深呼吸して続けた。

「目下、朝鮮特需による好景気がいよいよ陰りを見せ始めてきました。独立を回復した我が国に必要なのは、米国頼みの景気に頼ることなく自分の脚で立ち、国際社会の一員として歩むことができる安定した国力です。その核となるものは何かを、ここでみなさんと一緒に考えたい。平和国家として歩み出した今こそ、過去のしがらみから自由になり、日本のあるべき姿を考えることができます」

澱みなく語る今井に、みな真剣に聞き入っていた。均は手帖をめくり、まっさらなページに「国力の核」と書いた。

「いきなり新しいお題を出されて、みなさん驚いたことと思います。もちろん今日は結論を出す場ではありません。まずは自由にご意見を交わすところからお願いいたします」

一通り話し終わった今井は、席に着いて湯呑をあおった。すかさずやかんから水を注ぎ足したのは、今井の後輩だった。会合が始まってから2年が経ち、みなそれぞれの職場で官僚として活躍し始めていた。戦後賠償という国家の課題に一緒に取り組んだ経験は、共に戦った同志のような絆を生み出していた。いつものように隣同士、雑談が始まった。均の左右にいるのは、文部省（現在の文部科学省）の結城、農林省（現在の農林水産省）の天田だった。

「国力の核か。単純なようで、なかなか難しいお題だな」

「目先の課題で四苦八苦している中で、国家百年の計を考えるのはなかなか新鮮だよ」

「各省庁から人が集まっているのだから、これはもはや閣議と言ってもいいかもしれんね」

「集められた大臣、空腹を水でごまかす。戦中の新聞の見出しだね」

相変わらずの均の冗談に、にやりと笑った今井が口火を切った。

「ではみなさん、そろそろご意見をお願いいたします」

1人ひとり、これからの日本に必要だと考えるものを述べていく。教育、食糧、住宅、医療、鉄道、雇用、経済など、様々な意見が並んだ。今井の横では、補佐役の後輩が黙々とメモを取っている。会合の議事録は、毎回今井から上層部に提出されることになっていた。

「貴重なご意見、ありがとうございます。いずれも今の日本に必要不可欠なものであり、それらがなければ、国民が活力を得ることはないでしょう。しかしそれらをどうやって手に入れるのか、そこをもう少し掘り下げたい。豊かな国を創る力、国力の源になるものと言うのか……」

みんながしばらく無言で考え込んでいると、均が口を開いた。

「技術立国はどうでしょう」

全員の視線が均に集中した。

「技術立国？　技術で食っていくということですか」

「そうです。日本は自前の技術で、優秀な兵器を生産していたことを忘れていませんか」

均の「兵器」という言葉にみなが反応した。

「イトキンさんがいうのは、兵器を輸出するということ？　独立を回復しても、軍需の匂いがする産業は潰(つぶ)されるでしょ」

「まだ飛行機だって作るのを禁止されているからなあ」

均は頷いて続けた。

「そう、その技術です。たしかに日本はもうゼロ戦や大和を作ることはできません。しかしそれを作ったということは、そこに技術があったということです。戦に負けても、占領されても、技術は残っています」

今井の後輩は均の発言をどうまとめたらいいか戸惑い、ペンを止めて首をかしげていた。

「ついこの間まで、技術の目的は戦でした。負けた日本は兵器をスクラップにさせられましたが、その時に技術まで奪われたわけではありません。目に見える兵器は失っても、それを創り出した技術は見えないかたちで存在しています。いま技術がどこにあるかといえば、かつて各官庁がもっていた試験所、研究所です。そこに蓄積されている技術を使うんです。必ず国力の核になるはずです」

「なるほどねえ。技術は変わらずあるというわけか」

「ええ。技術はものをつくる道具です。『優れた技術は未来を創り、技術は人の頭から生まれる』と中学生の時に教わりました。あれからたった10年、たった10年しか経っていないんです。変わっているはずがない」

「じゃあ、その技術で今度は何を作るんだ?」

「何だって作れます。技術があればなんでもできるんです。技術は色のついていない〝道具〟です。それで何を作るかは、その時代の人間が選ぶことができます。かつては国の存亡をかけて兵器開発に役立てていた技術を、これからは豊かな日本の再建に使うんです。中学の時、同じ人から『未来への道は、形のない思考から始まる』とも教わりました。技術を高めることは研究者に任せましょう。問題はそれをどう使うかです。それにはこの会議のように、こだわりのない、とらわれない思考が必要です。なぜなら『未来への道は、形のない思考から始まる』からです」

「なるほど……。具体的にはどういう構想になるんだ？」

「全国に散らばっている各省庁の試験所を1カ所に集めるんです。試験所同士がつながることで、研究の相乗効果だけでなく、技術を戦略的にとらえる視点が生まれるはずです。そうやって研究に没頭できる最高の環境を用意し、研究者に提供します。その一方で、生み出された技術をどう活用するかを考える頭脳集団も育てるんです」

均が言い終わると、すぐに今井が発言した。

「はい。次回以降の議題が、今決まりました。名称は後ほど考えますが、その都市建設を閣議決定させる時期も決まりました」

参加していた全員が驚いて目を見開いた。

「先ほどイトキンさんは、たった10年しか経っていないと言いました。だから我々は、今から10年で研究学園都市建設を閣議決定させるんです。できます。最近、間隔が開いていたこの会議ですが、忙しくなりますね。月1回では足りなくなるかもしれない……。今日はここまでとしましょう」

## 7 聡子（さとこ）――一九六一年（昭和三十六年）

「お兄様、御仕度はどう」

廊下からねるりが声を掛けた。

「できておる」

壁にかかった鏡でネクタイを直していた均は、かしこまって振り返った。

「あら、別人みたい」

ねるりの前には、モーニングコート姿の均がいた。窓から差し込む朝の光が、机の上に置かれた白手袋を明るく照らしていた。

再度均は鏡を覗（のぞ）いた。背後には、ねるりの黒留袖（くろとめそで）も映っていた。

「お兄様もやっと落ち着くのね。安心したわ」

「そうか」

「聡子さん、若くて美人ですものね」

「まあな」

均は鏡越しにそっけない返事をした。均は妹弟(きょうだい)を非常に大切にする優しい兄だったが、士族の出という家柄と長兄としての立場から、下の家族に冗談を言ったりふざけたりすることはなかった。

「私が先にお嫁にいったとき、お兄様はもしかしたら一生独身なんじゃないかと心配になったわよ。これで亘も気兼ねなくお嫁さんが探せるわ」

「そうか」

「なんだか急にお話が決まってとんとん拍子だったから、みんなびっくりしたのよ。余程お兄様が聡子さんを気に入ったんだと思ったわ」


上司に伴い異動になった藤井の送別会が、年度末が迫った土曜の勤務後、高田馬場の中華料理店で開かれた。大きな円卓に豪華な料理が並ぶ和やかな会に、藤井が補佐してきた企画課の同僚が10人ほど参加していた。

「いやあ、藤井さんには本当にお世話になりました」

「私もです」

次々に男たちが、藤井のもとに来てビールをついだ。企画課で藤井に再会した時は26歳だった均も、34歳になっていた。

「私も藤井さんと働くようになって8年になりました。実は私、藤井さんが課長、部長クラスを怒鳴った日と、相手の名前をメモしていたんですよ」

均は背広のポケットから黒い手帖を取り出した。

「流石は伊藤君。最後にすごい爆弾をもってきたなあ」

「それは興味深い。いったい何回なんだ」

均はページをめくり、メモを確認した。

「8年間を平均すると、年に何回くらいお偉いさんを怒鳴っていたと思います？」

「月に2回は、怒鳴ってただろ。ということは20回か……」

「俺は、その倍だね。週に1回はやってた感じだ。40回」

「そう思うでしょう。それが意外に少ないんです。10回。月に1回ないんです」

藤井を含めてみんな笑っていた。

「俺たち、藤井さんに育ててもらったようなところがあるよな」

「そうだよな。寂しくなります」

みなそれぞれの思い出が浮かび、一瞬しんみりとした。

「昔はみな独身だったが、今は伊藤君を除いてみな既婚者だしな」

「藤井さんには、みんなの結婚式にも参列してもらいましたもんね。職場は離れても、これからも変わらずご懇意に願いますよ」


藤井の挨拶の後、送り出す側から記念の品を贈呈して会合はお開きになった。吹き抜けの広い階段を降りて建物の外にでると若い娘が立っていた。

「お母様」

「あら、さとちゃん」

「送別会はどうでした。あ、それお土産？」

「これはみなさんから頂いた記念品よ。あ、伊藤さん。紹介します。こちら娘の聡子です」

「これはどうも。初めまして。藤井さんと同じ部署の伊藤と申します」

「初めまして。聡子です。母がいつもお世話になっております」

藤井に似て、聡子もものおじしないタイプだと均は直感した。

「送別会でお酒を飲むかもしれないと言ったら、心配して迎えに来たんですよ」

「そうですか」

「この子、鷺宮（さぎのみや）にある武蔵丘（むさしがおか）高校を先週、卒業したばかりなんです」

「えっ、先週まで高校生だったんですか……」

「はい。３女で18歳です」

「あれっ、藤井さんって男２人、女２人じゃありませんでしたっけ」

　聡子が口を開こうとした瞬間、藤井が重ねた。

「それがさとちゃんだけは、満州の時から他で育って、５年前に私のところに戻って来たんです」

「そうだったんですか……」

　一瞬、視線を下げて顔を曇らせた聡子だったが、すぐに表情を戻した。改めて見つめると、藤井に似て目鼻立ちの整ったかなりの美人だ。満州のことはこれ以上聞かない方がよさそうだと均は察して話題を変えた。


　昭和20年、２歳だった聡子は子供がいない藤井の妹の子として育てられていた。一足先に混乱なく帰国できた聡子と違い、母と兄弟姉妹は鎮南浦（チンナンポ）（平壌（ピョンヤン）の南西にある港町）で旧ソビエト軍に抑留されて１年間の難民生活を強いられ、ぼろぼろになって昭和21年の９月に帰国した。

聡子は藤井の妹を実の母だと思いながら14歳まで育ったが、帰国後に伯母だと思っていた藤井やいとこだと思っていた藤井の子供たちが実の母と兄弟たちだと知った。縫製会社を経営する裕福な家庭で何不自由ない暮らしをしていた聡子だったが、家出をするように藤井家に転がり込み一緒に暮らし始めた。母や兄弟姉妹は聡子を温かく迎え入れたものの、自分以外の全員が乗り越えてきた地獄を自分一人だけが知らないという事実は、聡子の中に言い様のない疎外感と孤立感を刻んでいた。

この日を境に、均は藤井に招かれ毎週末のように藤井家を訪れるようになった。

「伊藤さん。唐突ですが、少しいいですか」

とある日曜日、藤井家の茶の間で、均は藤井と藤井家の長男と次男、そして聡子と5人で卓袱台(ちゃぶだい)を囲んで談笑していた。急に話題を変えたのは、一橋大学を卒業し、丸善石油に勤めている長男の実(みのる)だった。均の左には、青山学院を卒業して竹中工務店で働く次男の満(みつる)がじっと見つめている。

「どうしました?」

均は実と満の顔を交互に見つめた。

「実は聡子のことなんですが……」

「はあ。何でしょう」

「聡子を、貰って頂くわけにはいきませんか」

「えっ」

「母とも満とも、話をしました。聡子は今後、伊藤さん以上の男には会えない。これが我々の結論です。嫁にして頂くわけには参りませんか」

「はあ……」

　均は、藤井の隣でうつむく聡子が視界に入ってこないようにしながら、藤井を見た。均と目が合った藤井は、顔が卓袱台に触れるくらい頭を下げた。それを見た聡子も、大きく目を見開きながら同じように頭を下げた。自分の母親が人に頭を下げているのを生まれて初めて見た実と満も、同じように頭を下げた。

「聡子さん」

「はっ、はい」

「あなたは、このことをご存じでしたか」

「いっ、いえ、知りませんでした」

「そうですか……。可哀想に……。ずいぶんびっくりされているでしょう」

「いえ……。まあ……」

それからたった3ヶ月で、均と聡子は結婚した。

「均、支度はできたのかい。そろそろ自動車が来る時間だよ」

賑やかな階下から、母の声がした。

「じゃあお兄様。私、先に下に行ってるわね。あ、そうそう。亘は式場で待ち合わせだから」

ねるりが去り、部屋が静まりかえった。結婚式当日だというのに、均は仕事のことを考えていた。

「あと2年しかない」

この年、研究学園都市の建設に関する閣議決定がなされ、その2年後には筑波山麓（つくばさんろく）に建設することが決まった。あの時、今井が宣言したとおり、10年で国力の核となる研究学園都市の建設が、現在のつくば市で開始されることになった。

## 8 筑波研究学園都市――一九六八年（昭和四十三年）

均は、常磐線の土浦駅を降りると、戦時中にタイムスリップしたのかと思った。それは駅前のスピーカーから軍歌「若鷲の歌」が流れていたからである。ここ土浦は、23年前まで海軍航空隊の将兵や、予科練の生徒で賑わう軍都だった。

一緒にいる4人の男たちは、東京からやってきた官僚であり、均だけが当時まだ珍しかったジーンズをはいている。均が異彩を放っていたのはその服装だけではなかった。他の者が書類の詰まった手提げ鞄を右手に持っているのに、均は右手に鞄ではなく4歳の長男（祐靖）の手を引き、その息子の背負うリュックサックに書類を入れていたからである。

男たちの目の前に流線型のスポーツカーがブレーキ音をきしませて4台停まり、先頭の車から蝶ネクタイの男がでてきた。

「通産省の伊藤様でいらっしゃいますね」

「はい」

「自動車研究所からお迎えに参りました。どうぞ、お乗りください」

駅前こそ舗装されていたが、車が走り出して10分もすると砂利道に変わり、先頭車が巻き上げる砂埃の中を後続車は時折ワイパーを使いながら進んでいった。

自動車研究所は、自動車に関する研究を行うためにできた通産省所轄の財団法人であり、茨城県の谷田部町に建設された。最大の特徴は、最大角度45度のバンクになっている高速周回コースで、そのコースは国内外の各車が世界最速記録を競ったことで知られている。

松林を貫く砂利道を約1時間走ると、突然見えてくる近代的な建物が自動車研究所だった。

建物の中に招かれた一行が会議室に入ると、女性がお茶を持ってきた。椅子によじ登り、足をぶらぶらさせている祐靖を見てびっくりしている。

「あれっ、本省ご一行の中に、なんで子供がいるんですか」

「私の鞄持ちです」

均が女性に平然と答えると、正面に立っていた男は一瞬困惑の表情を浮かべたが、すぐに祐靖の存在に気付いていないかのようにしゃべり出した。

「地図のここが現在地で、第一次用地買収が完了したのがこの辺りになります……」

正面の黒板には、「筑波研究学園都市」とかかれた地図と航空写真が並んで貼ってあった。

それをみた背広姿の男性たちが感想を漏らす。

「想像していた以上に、何もないところですね」

「畑が少しはあると思っていましたが……」

「この辺りは雨が少ないので、作物が育たないんですよ。大昔は箒モロコシの栽培で日本一だったのですが、掃除機が普及してからはさっぱりダメです。この赤松も一時は常盤炭鉱の坑木として重宝されましたが、閉山してからはもう、ね。今ではこの通り、無用の材木地帯です。それに松食い虫の被害も広がってきまして結構深刻です。今から用地買収が完了した場所と、土浦学園線という土浦市と学園都市の中心部を貫く片道3車線ある道路の建設場所にご案内します」

車を降りた一行は、男の説明を聞きながら道路から外れて赤松の林に入る。日陰に入ると、地面のふかふかした土からほのかに木の香りが漂う。全員が歩くたびに、乾ききった松ぼっくりが割れる音が続いた。背広姿の男性たちが、まわりを見渡しながら言った。

「数年後には、この辺りは様変わりしているでしょうね」

「ああ。いま私たちが見ている風景があったとは、想像できない景色が出来上がっているだろう」

東京湾に停泊した戦艦ミズーリで降伏文書の調印式が行われてから23年、均が技術立国を唱えてから15年、いよいよ筑波研究学園都市の建設工事が開始される。表向きの理由は「首都への人口の過度集中防止に資するため……」となっていたが、その実は、あの時に決めた

「国力の核は技術力」を実現するためのものだった。そのために全国に散らばっていた各省庁の研究者を1カ所に集め、同時に研究者が生み出した技術をどう使うかを考え出す頭脳集団も育成しようとした。それは従来の思考や習慣にとらわれず、自由な発想のもとで最適な決断を下し、組織を導いていく人材が育たなければ、生み出された技術を未来へと繋げることができないからである。

この頭脳集団の育成こそが、均の本当の狙いだった。技術は研究し高めると同時に、活用してこそ意義がある。これからは敗戦で焼野原になった日本が立ち上がり、国民を豊かにするために蓄積した技術を使っていく。困難な目的を達成するために、目の前にある道具をどう使うかは、陸軍中野学校時代に鍛えられた。しかしあのような場所で活躍できる人間は、平時の日本では極めて生きづらいことを均はよく理解していた。空気を読み、場の流れに逆らわない物を排除しがちな日本は、目的に合致しなくなった慣習を後生大事に守り続ける愚かさや、行き先がわからないまま集団として一気に突き進んでいく危うさを孕んでいる。

「白いものは白、黒いものは黒」と発言できる人間を受け入れる環境を自分がいるうちにつくることで、物心ついたときから情熱を掻き立てられてきた「技術」を真に国のために活かす役割を果たそうと考えたのだ。

「優れた技術は未来を創り、技術は人の頭から生まれる。未来への道は、形のない思考から始まる」

いかにも策士に思える均だが、その信条とするところは、意外にも中学生の時の校長が発したこの言葉だった。


一行は、現在の竹園(たけぞの)高校付近の花室(はなむろ)集落で再び車を降りた。付近の赤松はあらかた切り倒され、真新しい土で整地されていた。均が見つめる先では、ボーリング工事が始まっていた。カーンカーンと規則的に響く音と共に、地面から振動が伝わってくる。均は息子の手を引いて、ゆっくりと工事現場に近づいていった。

「お父さん。これは、なにやってんの？」

「ボーリングといってな、縦に穴を掘って地質を調べてるんだよ」

「へー。何で？」

「ここに都市を創るからだ」

「へー。何で？」

「未来のためだ」

「未来っていつ？」

「お前の子供が、大人になる頃かな……」

「何を建てるの？」

「まず、鉄道と高速道路で東京と繋ぐ。日本中の研究所を集めるから、そこで働く人たちの家も作る。学校、病院、店、公園、なんでもある場所になる」

「へー、そんなに！　今は何にもないのに？」

「ああ。東京だって戦が終わったときには何にもなかったよ」

「じゃあここも東京みたいになるんだ？」

「いや、ならない」

「ならない？」

「ああ。させないんだ。だから壊す」

「えっ、壊す？　今から創るのにすぐ壊すの？」

「いや、すぐじゃないし、全部じゃない……。でも壊す」

「へー、何で？」

「壊してしまわないと、既にあるものに頼って新しいものを創らなくなるからだ。環境の変化に合わせて自分を変えられない生物は絶滅する。それともうひとつ、長く存在するものは良い面と悪い面を生み出すんだ。長く続くものは、それに頼る者を生み出す。それは新しいものを排除しようとする。変えようとする者と変えさせまいとする者の争いをわしは2度も見た。二・二六事件と、戦を止める時だ。そこでは仲間である日本人同士が殺し合った。そんなことが起きる前に壊すんだ」

「へー、壊すことが未来なの？」

「そうだ。創るのなんて簡単なんだよ。壊せば創れる。研究学園都市は今から創るが、50年後には壊す。その時、本当に壊すことができれば、日本はやっていける。新しいものを創りだす精神とそれを生み出す技術がこの国に定着し、技術立国ができたことになる」

「その時、お父さんは生きてるの？」

「50年後？　91歳か……。ハハハ、そりゃ死んどるよ。飛んでいった先輩に、どんな日本にしたのかを自慢してるさ……」

「飛んでいった？」

「ああ」

そういって均は、空を見上げた。

暫く止んでいたボーリングのカーン、カーンという音は、次第に規則正しく、どんどん力強くなっていった。それは、日本という国と日本人が歩んできた道を残し、未来に伝えようとして刻む鼓動のようだった。

50年後、研究者たちが住んでいた公務員宿舎が取り壊された。国立研究所が独立行政法人になったからである。均は、新しいものを創りだす精神とそれを生み出す技術が、この国に定着したと確信し、95歳でその生涯を閉じた。

# あとがき

「よかった。戦に負けてよかった」

父の言動の中で、私が一番驚かされたのは、玉音放送を聞き終えた時の、この発言である。今思えば、伊藤均という人間をよく表している言葉だと思うが、初めて聞いた時は、蔣介石の暗殺を命令が下されていないと言って、戦後30年間もその準備を怠らなかった男のセリフとは思えず仰天し、軽蔑した。なぜなら負けてよかったというのは、全力で勝とうとしていなかったことになるからである。そんなことを許す器量は私にはない。

私は父と終戦の時の話になると、必ず当時の心境を質問した。何度も同じことを聞いた。当然、いつも同じ答えが返ってきたが、回を重ねるごとに私の感情は、父の発言を肯定するようになっていった。

なぜ変わっていったのかといえば、戦争という国同士のぶつかり合いの中には、奪う、守る、勝つ、負ける、という事象があるが、奪うためには勝たなければならない。負けたのでは奪えない。これは確かにそう思うが、守るためには勝たなければならない……。負けたら守ることはできない……。そうは一概に言えないと思いだしたからである。だからと言って、無理して勝とうとしなくてもいいとか、守れるなら負けてもいいとは思わない。しかし勝つことはできなくとも、日本が戦争をしてまでも守ろうとした「何か」を特攻隊は守り切ったと思っている。父にも同じものを感じる。戦時中、父にも自分の生命を失ってでも守ろうとしているものがあった。そして、その思いは戦後も変わることはなく、その生涯を閉じるまで続き、守り抜いた。歴史の中で命を懸けて守り抜く価値というものは、勝敗とは別の次元に存在しているのではないだろうか。

父は、自分が生きている目的を生涯変えることはなかった。しかし、それを達成するためには、時局に合わせて、立場を考慮し、柔軟に目標を変え、達成という形でその人生を終えた。

その姿勢があったからこそ、昭和という未曾有の激動の中にあっても、ブレることなく、迷うことなく真っ直ぐにその生き方を貫けたのだろう。

奇人なのか偉人なのかの論はさておき、先の見えない時代だからこそ、多くの方に伊藤均という男を知って頂きたく、今まで語ってこなかった父の人生を書こうと思った。

私にとって父と私は、親子というだけではなく、２人とも特殊戦に生きる者が持つ独特な人生観を持っている人間なので、父ほど私を理解している人はいないし、私ほど父を理解する者も、いるはずのない関係であった。だから、意見が分かれるということなどなかった。

ところが、一つだけ、どうしても理解し合えないものがあった。

それは、先の大戦の終わり方である。父は、14歳の時、ラジオから流れたこの言葉で生き方と死に方を決めたと言っていた。

「戦うも亡国、戦わざるも亡国……。最後の一兵まで戦い抜けば、我らの子孫はこの精神を受け継ぎ、必ずや再起三起するであろう」

私は、父に何度も詰問した。

「最後の一兵まで戦い抜いてないじゃない。どうして止めたんだ？　政府とか、軍部とかではなく、親父さんはどうして止めちまったんだ？」

父の答えは決まっていた。

「御上（天皇陛下）が、止めると言ったんだから、しょうがねえじゃねえか」

「いやいや冗談じゃない。私には『死刑になる程度のことで止めるな』と言っておいて、自分は陛下が『止める』と言ったから、止めたと言うのか？」

「お前は、詔を読んだのか？」

「読みました」

「開戦と終戦の詔を読めば判る。すべて書いてあるからな……」

「詔の話じゃない。『最後の一兵まで戦い抜けば……』は、どこへ行っちまったのか？　という話です」

「御上は、そんな些末なことは言っちゃいない」

「些末って、その言葉で散ろうと決めた人は幾らでもいたはずで、自分だってそうだったんでしょ。私には、戦を止めちまうって、先に散った人への最大の裏切り行為としか思えない」

「読んでみろよ」

「何度も読みました」

　2つの詔書を、50回以上読んだが、判らなかった。そんなことをするような人ではなかったが、論点をはぐらかすしかないのだろう……とさえ思ったこともある。

　ところが、父が他界する数ヶ月前、突然、開戦と終戦の詔の中に共通した文言があることに気付いた。これですべてが解け、父が言いたかったことを理解した。

「万邦共栄の楽しみをともにし」

　この文言、「すべての国々と共に栄え、その喜びを分かち合う」これこそが日本の国家理念である。

これを具現化していくための基本方針を父の言う御上が、その時々の状況を鑑(かんが)みて宣言し、各人はその範疇(はんちゅう)で自分のすべきことを考える。父は、これこそが日本という国の形であり、これを生涯貫くことが日本人の道と考えていたのだ。戦前は、幼少時から好きで得意だった化学でノーベル賞をとって、これに寄与しようとし、戦中には時局に合わせて蔣介石暗殺に変えた。そして戦後は荒廃からの復興を技術立国によって目指した。その先に見ているものは、やはり「万邦共栄の楽しみをともにする」だった。

私のたった一つの悔いは、そこを理解できたことを父に伝えられなかったことだ。存命中に気付いたが、次に飲むときにでも話をしようと思っているうちに、あちらの世界に逝ってしまった。

今思うことは、父が信じた「日本の形」と、貫こうとした「日本人の道」を、継承するためにこの精神(こころ)と身体(からだ)を使い切ることだ。

それは断じて、父への悔恨によるものではなく、ただ私がそう生きることを渇望し、そのためであれば死をも許容するからである。

令和五年九月
伊藤祐靖

本書は書き下ろしです。
本作は事実を元にしたフィクションです。

## 著者略歴

伊藤祐靖 Ito Sukeyasu
昭和 39（1964）年東京都生まれ。日本体育大学卒業後、海上自衛隊入隊。防衛大学校指導教官、護衛艦「たちかぜ」砲術長を経て、イージス艦「みょうこう」航海長在任中の 1999 年に能登沖不審船事案に遭遇。これをきっかけに全自衛隊初の特殊部隊である海上自衛隊「特別警備隊」の創隊に携わった。2007 年、2 等海佐のときに退官。拠点を海外に移し、各国の警察、軍隊などで訓練指導を行う。著書に『国のために死ねるか』『自衛隊失格』『邦人奪還』などがある。

Kadokawa Haruki Corporation

伊藤祐靖

陸軍中野学校外伝　蔣介石暗殺命令を受けた男

*

2023年10月18日第一刷発行

発行者 角川春樹
発行所 株式会社 角川春樹事務所
〒102-0074 東京都千代田区九段南2-1-30 イタリア文化会館ビル
電話03-3263-5881（営業） 03-3263-5247（編集）
印刷・製本 中央精版印刷株式会社



ISBN978-4-7584-1453-1 C0093
http://www.kadokawaharuki.co.jp/